Marcas feridas

ALDIVAN TORRES

Canary Of Joy

Contents

1. "Marcas feridas" — 1

Chapter 1

"Marcas feridas"

Aldivan Teixeira Torres

Marcas Feridas

Autor: Aldivan Teixeira Torres
©2018-Aldivan Teixeira Torres
Todos os direitos reservados

Este livro, incluindo todas as suas partes, é protegido por Copyright e não pode ser reproduzido sem a permissão do autor, revendido ou transferido.

Aldivan Teixeira Torres, natural de Arcoverde-PE, é um escritor consolidado em vários gêneros. Até o momento tem títulos publicados em nove línguas. Desde cedo, sempre foi um amante da arte da escrita tendo consolidado uma carreira profissional a partir do segundo semestre de 2013. Espera com seus escritos contribuir para a cultura Pernambucana e Brasileira, despertando o prazer de ler naqueles que ainda não tenham o hábito. Sua missão é conquistar o coração de cada um dos seus leitores. Além da literatura, seus gostos principais são a música, as viagens, os amigos, a família e o próprio prazer de viver. "Pela literatura, igualdade, fraternidade, justiça, dignidade e honra do ser humano sempre" é o seu lema.

Sumário

Dedicatórias e agradecimentos

Dedico esta obra a todos as pessoas que levam a vida da melhor forma possível. Todos nós sofremos com as intempéries, caímos em sofrimento, penamos, lutamos, desistimos ou persistimos. O que diferencia umas das outras é a forma de encarar isso. A vida tem que ser vivida de qualquer forma e já que estamos nesta nave chamada Terra vamos transformar este momento num período de reflexão, prazer e superação. Devemos superar as nossas "Marcas feridas" que são inevitáveis.

Agradeço ao meu pai espiritual, a minha família, a meus amigos, colegas de trabalho, conhecidos, parentes, vizinhos, conterrâneos, a meus amados leitores e a todos que incentivam a literatura. Vamos fazer do país do carnaval e do futebol também o país da cultura. Valorizemos a literatura brasileira que tem muitos talentos escondidos por aí.

"Vem livrar-me, ó Deus, depressa, senhor, vem em meu socorro! Fiquem envergonhados e confundidos os que procuram tirar-me a vida. Recuem e fiquem aturdidos os que anseiam por minha desgraça. Recuem, cobertos de vergonha aqueles que me dizem: Ah! Ah! Exultem e se alegrem em ti todos aqueles que te procuram; e aqueles que amam tua salvação repitam sem cessar: Deus é grande! Quanto a mim, pobre e indigente, vem depressa, ó Deus! Tu és meu auxílio, meu salvador, senhor, não demores!

(Salmo 70(69))

Introdução

"Marcas feridas" é um livro destinado a todos os mortais. Através da linha do tempo e da aventura é possível reconhecer-se a si mesmo diante das dificuldades de cada personagem e através das lições obtidas ter um novo direcionamento de vida.

Ao final, espera-se que haja uma reflexão e uma verdadeira retomada da vida. Porque não devemos deixar as "Marcas" e nosso próprio medo tomar as rédeas de nossa existência e sim ter uma atitude proativa diante da vida. Uma boa leitura e espero sinceramente que ela lhe traga bastantes benefícios.

Capítulo 1-Retorno

O vidente está de volta. Após uma longa e intensa jornada ao lado dos arcanjos, de Renato e de treze incríveis pessoas ele já se encontra em casa. Aos poucos, vai retomando a sua rotina normal: O trabalho no serviço público, as constantes idas e vindas da cidade, o contato com a família, com os próximos e com os leitores, o seu lado escritor que exige dedicação, divulgação, persistência e muita fé. Enfim, está completamente imerso no seu "Eu sou" cotidiano e inexorável. Porém, tem consciência que pode ir além e decide interiormente não parar.

Nestas idas e vindas da vida, algo importante acontece. Deixem-me compartilhar com vocês:

"O vidente encontrava-se em Arcoverde, próximo do centro comercial quando foi sumariamente abordado por um homem que aparentemente encontrava-se aflito. Ele lhe disse que morava em Sertânia e sua mãe encontrava-se seriamente adoentada no hospital regional da cidade. Ele revelou que não tinha dinheiro nem para cuidar dela nem ao menos para pedir ajuda de parentes em sua cidade. Ele pediu até pelo amor de Deus que o ajudasse pois já não tinha socorro ou salvação.

Sensibilizado pelo modo aflito do homem e tocado no fundo de sua alma por sua situação, Aldivan resolve ajudar. Pegou algumas notas de sua carteira e entregou-lhe dizendo: **Vá ajudar sua mãe, compre algo para comer e viaje para sua terra.** Sorridente, o homem guardou o dinheiro, nem disse obrigado e perdeu-se em meio à multidão. Ele ficou só".

O mais engraçado foi o que aconteceu depois. Após o ato de bondade, continuou caminhando pela avenida principal da cidade, a Coronel Antônio Japiassú, e em cinco minutos de esforços ocorreu-lhe algo espetacular. No meio da calçada, estavam seus dois grandes amigos e mestres da aventura anterior da série "Filhos da luz". Eles estavam portando duas mochilas e comendo um sanduíche o qual tinham comprado na esquina. Aproximando-se mais e antes que pudesse fazer uma surpresa foi descoberto. Segue-se então os cumprimentos e os abraços entre eles. A felicidade do reencontro é geral. Inevitavelmente, a conversa se inicia:

"Emanuel, Messias, que bom vê-los. Há quanto tempo. Como vocês estão? (Perguntou Divinha)

"Bem, mestre. Em nossa vidinha de sempre. (Emanuel)

"Sim, e como foi ajudar aquele homem? (Messias)

"Eu me senti bem. Ajudar os outros desperta os nossos melhores sentidos. A caridade é uma forma de redimir as falhas dum ser humano. (Ensinou o filho de Deus)

"Sei, sei. Caso tenha sido enganado, você sente raiva daquele homem? (Messias)

"Nem pensei nesta hipótese. O que importa é meu ato. Se ele mentiu ou não, é responsabilidade dele. Muitas pessoas deixam de ajudar por medo. O medo muitas vezes também as faz desistir, isolar-se, sentir-se incapaz. Eu, porém, vos digo: Ajudai ao próximo e o ame, pois, sua atitude pode mudar a vida de muitas pessoas. (O vidente)

"É o que eu queria ouvir, mestre. Agradeço ao pai por tê-lo colocado em nosso caminho. Sua luz nos dá vida plena e acho que o mundo também merece ser iluminado por esta luz. (Messias Escapuleto)

"Eu concordo. Desde que o salvei daquela fatídica tragédia, percebi a sua importância. Rapaz, eu estava com muita saudade. (Emanuel Melkin Escapuleto)

"Eu também estava com saudades. Vocês foram anjos que entraram em minha vida e a transformaram. O que fazem aqui na cidade? (Aldivan)

"Estamos indo a caminho da lotação. Um grande amigo nosso está em dificuldades e vamos tentar reerguê-lo. (Messias)

"Quer vir junto, filho de Deus? Quem sabe com sua presença ele não melhore? (Emanuel)

"Para onde vão? Quanto tempo? (o filho de Deus)

"Vamos para Buíque. (Messias)

"Por tempo indeterminado. (Completou Emanuel)

"Ai, ai. Amo Buíque. Esperem só um minuto. (Aldivan)

Aldivan afasta-se um pouco dos seus companheiros, ajeita a roupa, o cabelo, o óculo escuro e fala ao celular. Pede permissão ao chefe para ausentar-se um tempo de suas atividades alegando perigo grave. Sensibilizado, o seu superior concede a licença. Depois, liga para a família e comunica uma viagem em relação ao seu trabalho como escritor. Ressalta que o afastamento é por tempo indeterminado. Apesar do choque, seus familiares conformam-se. Pronto.Agora estava livre para cumprir sua missão, ajudar uma pessoa e restabelecer seus sonhos mais profundos. "O vidente" estava novamente em atividade desta feita na série "Filhos da luz" com seus parceiros de origem italiana Emanuel e Messias.

Com a ligação concluída, retorna junto a seus amigos e ambos partem para o destino mencionado. O trio percorre toda a avenida, dobra a esquina, passa pela catedral do livramento, por um supermercado, passa em frente ao centro comercial da cidade e ultrapassa outra esquina. Daí para frente são cerca de cem metros até o ponto oficial da lotação de Arcoverde, a capital do sertão pernambucano.

Esta última parte do percurso é percorrido com entusiasmo e dedicação por parte de nossos amados amigos. Neste exato instante, o sentimento que predomina é a ansiedade, o nervosismo, o desejo por novas aventuras, o medo do desconhecido e do imprevisível. Como por mágica, iriam sair da mesmice de sua rotina que para o filho de Deus consistia atualmente no trajeto trabalho-casa e para os outros a vida pacata em Jeritacó, um povoado perdido no sertão num nordeste caracterizado por uma seca constante e esquecido em sua maioria pelas autoridades.

Chegando ao destino, eles vão para a estação de Buíque e como esta localidade fica próxima e com sua indústria e comércio atrelado ao polo Arcoverde o movimento de pessoas é constante em todos os horários. Portanto, não tem que esperar muito para que o veículo (Uma besta prata de doze lugares) lote.

Saindo do ponto de lotação, o veículo alcança rapidamente o centro da cidade, o São Cristóvão e outros bairros seguintes. Pouco depois, eles atingem a terceira entrada-saída da cidade, atravessam a rodovia BR 232 e do outro lado alcançam a rodovia estadual PE 270.Seguindo na nova estrada, eles aproveitam o passeio para relaxar e refletir sobre os últimos acontecimentos. Do lado do vidente, vinha de uma aventura altamente esclarecedora onde reunira apóstolos e desbravara boa parte dos municípios do estado. Ensinara sobre seu pai e como despertar o "Eu sou" interno de cada um deles. Do lado dos filhos da luz, Messias Escapuleto, o pai e Emanuel Melkin Escapuleto- o filho- planejavam todo este tempo um reencontro com seu amado mestre, mas isso ele nem desconfiava. Como diz o ditado, cada coisa em seu tempo.

Agora estavam ali, os três reunidos, em busca de reencontrar alguém que necessitava de ajuda. No caso do filho de Deus, já tivera esta atitude com inúmeras pessoas: Christine, Cláudio, Clodoaldo, Phillipe Andrews, a agricultora que era a virgem Maria, a pequena humilde que conhecera na previdência social, o mendigo e muitos outros. Cada um deles tinha uma história trágica e fora amparado em seus braços. Repetiria este gesto sempre.

Este era o maravilhoso filho de Deus, um rapaz bacana, humilde, digno, paciente, crente, capaz, um visionário sem preconceitos ou discriminações. Junto com seus parceiros de aventura, os filhos da luz, esperavam transformar muitas vidas.

Nesta certeza, eles continuam avançando na rodovia PE 270.Passam por sítios, povoado, ultrapassando o imenso cinza ao redor. Buíque além de ser um município extenso era um local de muitas belezas naturais.

Tudo ali era perfeito para o início de uma nova aventura. Esta nova etapa certamente traria novas surpresas que Emanuel e Messias buscavam preservar no momento. Avancemos.

Um pouco depois, o trajeto é concluído e logo no início do perímetro urbano eles pedem a parada. Descem do veículo, pagam as passagens e caminham alguns metros na pacata cidade. Estacionam diante da porta da terceira casa à direita da primeira rua do local. Estilo casa contemporânea, media 12x5 metros, porta de entrada na lateral direita e janela na lateral esquerda, uma sala, dois quartos, banheiro comum, cozinha e um pequeno muro eram os repartimentos da casa.

Com delicadeza, eles batem na porta e ao ouvir ruído de passos aproximando-se esperam um pouco. Imediatamente, a porta abre-se e de dentro da residência surge um homem franzino, cerca de quarenta anos, estatura alta, cabelos pretos, olhos castanhos claros, feições de mediana beleza com nariz chato, sobrancelha natural, boca média, orelhas espalhadas, quadril enxuto e estreito, peludo, braços finos e pernas também. Com um sorriso no rosto, ele cumprimenta os conhecidos e encara o vidente com ar de desconfiança, tomando a palavra:

"Sejam bem-vindos. Quem é o jovem que vos acompanha?

"Este é nosso parceiro de aventuras, o Aldivan Teixeira Tôrres, autor conhecido mundialmente. (Explicou Emanuel)

"Isto Tadeu, ele também é nosso "Mestre da luz". (Messias)

"Caramba! Um escritor e mestre. Parabéns. (Tadeu Barbosa)

"Obrigado. É uma grande missão que devo desempenhar com a colaboração de vocês. (O vidente)

"Muito bem. Podem ir entrando e fiquem à vontade. (Tadeu)

Aceitando o convite, o trio foi adentrando na humilde residência acompanhados do anfitrião. Na sala, que é primeiro Cômodo, acomodam-se na poltrona de cinco lugares ficando em posições confortáveis. Em cima da poltrona, uma pintura em forma de ovelha. Do lado direito, uma estante simples de ferro a qual abrigava uma TV e um rádio médio de pilha. Começa então uma conversa descontraída entre os mesmos.

"Que bom que chegaram. Minha vida entrou numa mesmice tamanha da qual não tenho saída. (Tadeu)

"Eu recebi sua carta. Logo que a li, falei com meu filho e juntos decidimos atender seu chamado. Amigos servem para isso. (Messias Escapuleto)

"Sim. Estaremos sempre à disposição. (Emanuel)

"Estou aqui para conhecê-lo e ajudar também. (O filho de Deus)

"Agradeço aos três. Como estão no trabalho e na vida pessoal? (Tadeu)

"Atualmente, vivo da minha aposentadoria e fico mais em casa. (Messias)

"Eu trabalho na roça e outros pequenos serviços. Com o dinheiro, eu ajudo em casa e saio aos fins de semana. Estou razoavelmente bem. (Emanuel Melkin Escapuleto)

"Eu tenho meu trabalho oficial como funcionário público e como escritor. Ambos me satisfazem. Na vida pessoal, ainda não estou completamente realizado. (O vidente)

"Vocês ainda estão bem. Na minha vida não me resta praticamente nada. Ao longo do tempo, venho acumulando desgraças. São "Marcas feridas" que se instalaram e não querem sair mais. (Desabafou)

"Por este motivo, trouxemos o filho de Deus Conosco. Ele é o único ser capaz de transformar sua realidade. (Messias)

"Como? (Tadeu)

"Explique a ele, mestre. (Emanuel)

"Eu sou aquilo que sou. Através de sua grandeza, meu pai designou-me para ajudar os pobres pecadores. Eu posso ver, sentir e entender seus problemas e ajudá-lo a mudar seu futuro. Basta creres. (Aldivan)

Tadeu fica espantado. Como assim mudar seu futuro? Ao longo do tempo, com a sequência de fracassos constantes perdeu completamente sua fé em Deus e nas pessoas. Porém, havia um antagonismo ali. Confiava plenamente em seus amigos Emanuel e Messias e se eles se deram o trabalho de trazer aquele homem em sua presença devia ter um motivo verdadeiro e forte. Quem sabe não ocorreria um grande milagre?

"Eu vou lhe dar uma chance. Qual é o próximo passo? (Tadeu)

"Encontrarmos com Deus. Conhece Catimbau? (Aldivan)

"Conheço o povoado, mas nunca fui ao parque. (Informou Tadeu)

"Pois bem. Catimbau é o lugar perfeito para meus planos. (Aldivan)

"Ótima ideia, mestre. (Messias)

"Estaremos juntos com vocês. (Emanuel)

"Muito bom. Prepararemos as mochilas. Partiremos á tarde. Vou precisar de algumas roupas suas, Tadeu. (Aldivan)

"Sem problemas. Tem roupas suficientes para todos. (Tadeu)

"Beleza então. Vamos lá! (O vidente)

Da sala onde estavam vão ao quarto do dono da casa e juntos vão separando o básico para passar uma pequena temporada. Escolhem roupas, objetos de uso pessoal, uma barraca inflável, livros, um rádio, protetor solar, um relógio e comida para fazer e pronta. Quando concluem esta etapa, vão preparar o almoço na pequena copa. Neste ambiente, dividem as tarefas: Enquanto Aldivan e Tadeu preparam os ingredientes, Messias e Emanuel ficam incumbidos de cozinhar. Desta forma, cada um participa diretamente da refeição.

Duas horas depois, tudo está pronto. Eles acomodam-se na mesinha disponível e servem-se. Enquanto comem, alternam entre o silêncio e conversas curtas. Tudo é muito agradável e convidativo entre eles abrindo novas perspectivas para os corações do quarteto.

Trinta minutos depois, terminam de alimentar-se. Após, satisfazem suas necessidades fisiológicas como medida preventiva e vão cuidar dos últimos detalhes da viagem. Com tudo pronto, encaminham-se a saída e ao ultrapassá-la fecham a casa. Rumo a novos desafios!

Eles caminham algumas centenas de metros e atravessando o centro, param na praça principal. Tadeu Barbosa conhece bem o movimento na cidade e então contata um taxista renomado e confiável que estacionara seu automóvel Fiat Uno bem do lado direito da praça.

"Seu Fabrício Toledo, poderia nos levar até Catimbau? (Tadeu)

"Claro, irmão. Você e mais estes três homens? (Fabrício)

"Sim, Estes são meus amigos Aldivan, Emanuel e Messias. (Tadeu)

"Prazer em conhecê-los. Estou disponível para levá-los agora por cinquenta reais. Tudo bem? (Fabrício)

"Por mim tudo bem. O que acham amigos? (Tadeu)

"Para mim está bem também. (O vidente)

"Está ótimo. (Messias)

"Vamos, então! (Emanuel Melkin Escapuleto)

O quarteto em fila vai adentrando no automóvel. Depois, o motorista também entra e dá a partida. Catimbau os esperava certamente com grandes surpresas. Vamos juntos, leitores!

Capítulo 2- Rumo a Catimbau

Inicia-se a viagem que promete bastante emoções. Saindo da estrada asfaltada, eles pegam um desvio numa estrada de terra seguindo sempre em frente. O estado do caminho é deplorável o que provoca vários solavancos no carro. Afora isso, a sensação é sensacional: O ar puro, as serras, as fazendas, as pedras e o sertanejo são elementos que tornam o lugar único. Sem dúvidas, um dos locais mais bonitos do mundo.

Naquele exato momento, o estado mental dos nossos amigos oscilava da excitação ao nervosismo completo. O que o filho de Deus preparava para eles? O que pretendia com aquela ida a Catimbau? O mistério que se colocava por detrás disso parecia imenso. Porém, eles não tinham coragem de enfrentá-lo ali. Preferiam viver a magia de cada instante como se fosse a última e o tempo por si só iria lhe apresentar as respostas necessárias. Assim esperavam.

Num ritmo constante, vão avançando mesmo diante das grandes dificuldades. Na metade do caminho, pedem parada e tiram algumas fotos da paisagem. O objetivo era guardar recordações e documentá-las para mostrar a família e aos possíveis filhos, netos e bisnetos. Ao final, teriam o orgulho de dizer: Eu estive aqui mesmo que por um breve momento.

Dez minutos depois, retornam ao carro e retomam a caminhada. O motorista aumenta a velocidade pois a estrada torna-se melhor. Os seis quilômetros restantes são percorridos em dez minutos. Eles têm acesso ao povoado do Catimbau, um lugar rústico perdido na imensidão do agreste pernambucano. O táxi deixa nossos amigos na associação dos guias do povoado onde contratam um deles para guiá-los até o parque. Fabrício é dispensado e deixa seu telefone para contato posterior.

Contratado um guia, eles definem o percurso e alugam uma caminhonete para levá-los até um ponto mais próximo do parque. E assim fazem. O guia que se identifica como Paulo Lacerda também serve como motorista e com o auxílio do carro vão driblando as dificuldades da subida. Neste exato instante, a adrenalina é total levando os turistas a encantar-se antes mesmo do acesso ao santuário ecológico.

Ao chegarem ao ponto máximo que o carro pode alcançar, descem e começam o trajeto a pé. Seguem uma trilha estreita, cheia de obstáculo a enfrentar: subidas e descidas difíceis, espinhos e garranchos perigosos naquela paisagem chamada de chapadão. Ao caminharem por cerca de duas horas, eles param e começam a limpar o terreno numa clareira encontrada. Armam a barraca e descansam um tempo. Um pouco depois, procuram lenha na mata e ao encontrá-la, retornam e acendem o fogo. Começam a preparar um jantar simples, sopa de cebolas. Direta ou indiretamente, todos contribuem para o clima de harmonia e o jantar. Quando a comida fica pronta, eles alimentam-se ali na mata sem nenhuma comodidade. Era o preço a pagar por se arriscarem tanto. Contudo, ninguém reclamara. Catimbau servira como uma válvula de escape para suas frustrações pessoais e, de quebra, mudara a rotina monótona da maioria deles. Estar ali, no meio do mato, ao lado da mãe natureza era mais do que um prêmio. Era um privilégio para poucos.

Terminado o jantar, o vidente levanta-se diante deles e toma a palavra:

"Meus caros amigos, com minha experiência de vida, eu elegi alguns pontos importantes para a discussão neste santuário. Eu vos trouxe exatamente aqui visando a absorção do conhecimento tão necessário. Tudo bem?

"Tudo. Minha experiência de vida só me trouxe o caos. Então é bom sempre aprender. (Tadeu Barbosa)

"Da outra vez, fui o mestre e agora este é seu papel. Fique à vontade. (Messias)

"Você é o mestre da luz. Tem todo predicado para ensinar. (Emanuel)

"Sou um estranho no ninho, mas estarei atento aos vossos ensinamentos. (Paulo Lacerda)

"Muito obrigado a todos. O tema que quero abordar diz respeito à base familiar. Eu nasci numa família humilde, filho de agricultores, e por eles terem sido criados aproximadamente na década de quarenta (nas brenhas do nordeste Brasileiro), receberam uma educação rígida por parte dos pais que incluía surras frequentes, trabalho infantil, pobreza e discriminação. Eles absorveram estes valores e fizeram da mesma forma comigo o que gerou bastante frustração, tristeza, distância e incompreensão. Eu não acho justo esta forma de tratamento e prometi a mim mesmo não a perpetuar caso eu chegue a casar. Como foi a experiência de vocês e o que acham disso? (O vidente)

"Sou natural da região da Sicília, na Itália, e na minha época, o trato familiar era parecido com o que você descreveu. Éramos sete irmãos e a comida era escassa. Meus pais eram ausentes e isso gerava várias distorções. Muitas vezes, os mais velhos aproveitavam-se das fraquezas dos mais novos (Bater neles) e nossos pais nem sequer sabiam ou fingiam não saber. Chegando ao Brasil, cada qual foi para um lado, meus avós e pais morreram, e formamos nossas próprias famílias. Desta feita, priorizamos a justiça, a igualdade e o acordo entre os membros familiares. (Relatou Messias Escapuleto)

"Graças a Deus, eu e meu pai somos felizes em nossa unidade familiar. Como ele disse, em sua época, as cousas tinham outra conotação. No entanto, até nos dias de hoje, há registros de famílias problemáticas. (Emanuel Melkin Escapuleto)

"Meu pai era bastante rígido. Tive que trabalhar cedo e não pude estudar. Cresci sem nenhuma instrução comendo pau, pedra, poeira e arrastando cobras pelos pés. Então se sinta feliz amigo pela oportunidade de ter tido instrução e ser o homem que é hoje. (Observou Paulo Lacerda)

"Paulo tem toda razão, Aldivan. A minha vida foi bem mais complicada que a sua e mesmo assim sobrevivi. Então se sinta abençoado. (Tadeu Barbosa)

"Eu entendo vocês todos e entendo a mim mesmo. A família é a primeira comunidade da qual nós participamos e nele aprendemos a partilhar, a dialogar, a conviver com os diferentes. Nada é feito sem sofrimento pois não há família perfeita. O que quero repassar para vocês e para o público, é que temos o direito de escolha. Não somos nossos pais nem devemos seguir seus exemplos em tudo pois são seres imperfeitos. Aquele a quem devemos imitar chama-se Javé e seu filho Jesus cristo que deixaram seus mandamentos na Terra. Através deles, podemos chegar à perfeição e alcançar os resultados desejados em todos os campos. Bendito seja nosso pai! (Aldivan)

"Assim seja! (os outros)

"Falemos agora dos problemas modernos. Para vocês, o que é família hoje e qual sua importância em vistas as suas experiências? (Aldivan)

"Comparar a família de hoje com a família de antigamente é uma tarefa quase impossível. Antigamente, havia mais respeito e temor dos filhos para com os pais. Hoje, a modernidade destruiu o conceito de família. (Messias Escapuleto)

"Também há diferenças entre a família da zona rural e da cidade além das diversas estratificações sociais. (Observou Emanuel)

"Minha família é como qualquer outra, com problemas, desentendimentos e concordâncias. Saber lidar com isto é típico de um cidadão consciente do estado democrático de direito.

Graças a Deus não segui o caminho dos meus pais e hoje meus filhos podem estudar. (Paulo Lacerda)

"Eu não quero tocar neste ponto. É uma "Marca ferida" que ainda dói muito. (Tadeu Barbosa)

"Por que meu amigo? Posso ajudá-lo? (O vidente)

"No momento não quero falar. Quero conhecê-lo melhor e sim, talvez possa ajudar-me. (Tadeu)

"Eu o compreendo perfeitamente. Esperarei este tempo sem problemas. (O vidente)

"Muito obrigado. (Tadeu)

"Por nada. Tudo bem. Conversa encerrada. Aproveitemos o restante da noite. (O vidente)

"Ok. (Os outros)

A noite avança e o frio aumenta cada vez mais. Os escoteiros reúnem-se ao redor da fogueira a fim de esquentar-se e conversar mais um pouco. Ali, naquele pedaço de chão, cada qual aproveitava de sua individualidade para absorver os ensinamentos da mãe terra e do filho de Deus. O caso mais grave era o de Tadeu o qual trazia "Marcas feridas" profundas não cicatrizadas, mas não era exceção. Messias Escapuleto, Emanuel Melkin Escapuleto, Paulo Lacerda e até mesmo o mestre da luz já tinham sofrido. A diferença entre eles era que o último soubera superar e seguir em frente com sua vida. "O vidente" era um caso raro que se dispunha a ensinar e ouvir seus comandados, servos e amigos. Esta é uma lição muito importante para a humanidade em geral.

Além do aprendizado e da aventura em si, o passeio era uma ótima oportunidade de libertação frente a monotonia da vida. Quantas vezes não nos aborrecemos ou afundamos na depressão pelo simples fato de uma repetição de rotina? Quando chegamos a este ponto o melhor a fazer é mudar drasticamente: Conversar, passear, aprender coisas novas, assistir televisão, cinema, ler um livro são algumas coisas que podemos fazer para alterar nossa rotina. O nosso cérebro exige uma constante flutuação entre as várias atividades prazerosas na vida. Não podemos ficar parados.

Cientes disso, eles tentam aproveitar o restante da noite da melhor forma possível. Mais tarde, fazem uma escala de revezamento a fim de se protegerem dos animais ferozes. Funciona da seguinte forma: Um fica de vigia por um período enquanto os outros dormem. Depois, vão alternando os lugares.

Assim foi feito. A partir das vinte e duas horas (22:00 Horas), quatro vão dormir e um fica de guarda. Duas horas depois, é a vez do próximo e assim sucessivamente. O único a ser dispensado deste trabalho é o chefe do grupo. Por razões óbvias, ele precisava de total descanso e concentração para enfrentar os dias posteriores na mata.

Assim a noite, a madrugada foram atravessadas e enfim amanhece.

Capítulo 3-Trilha da pedra do cachorro e Torres

Logo cedinho, os nossos turistas ecológicos acordam. Levantam, espreguiçam-se e saem da barraca. No próximo passo, acendem o fogo e preparam o desjejum. O que tem disponível para comer são umas batatas doces bem conservadas e cozinhando bem estão no ponto exato de serem degustadas. Como acompanhamento, também preparam uma vasilha de café tradicional.

Quando tudo fica pronto, começam a alimentar-se e o sol começa a surgir forte. O dia estava perfeito para mais uma grande aventura e descobertas respectivas por parte de nossos augustos personagens. Porém, as dúvidas e inquietações persistiam e martelavam sua mente. O que o filho de Deus pretendia realmente ao trazê-los aquele fim de mundo?

Seja o que fosse, os outros confiavam plenamente em sua sabedoria, amor e dedicação. Certamente viriam boas novas por aí. Enquanto o futuro não se definia, eles aproveitam para interagir entre si nos vinte minutos de desjejum e ao final do tempo, começam a preparar-se para a jornada do dia. Da trilha atual seguiriam para a área que incluía a trilha da pedra do cachorro, a Lapiás e a trilha dos Torres.

Afim disso, eles desarmam a barraca, ajeitam as mochilas, arrumam a aparência e começam a caminhar orientados pelo guia. Numa trilha estreita e de difícil acesso, eles afastam-se da área do chapadão e seguindo em frente, em travessias também, iniciam após certo período, a área referente a trilha da pedra dos cachorros.

Seguindo na trilha respectiva, ultrapassando os obstáculos naturais da mata e sendo expectadores de uma paisagem belíssima incrustada na serra, eles chegam ao primeiro ponto turístico. Trata-se de um monte rochoso de estatura média, cercado pela caatinga ao redor. Os turistas tiram foto ao lado deste importante símbolo agrestino que num passado distante fora testemunha do desenvolvimento da população nativa, os índios. Era um tempo de lutas, descobertas e credulidade.

Cinco minutos depois, eles seguem em frente em busca de um novo ponto que causasse admiração neles. Avançando em paisagens desconhecidas e em passos moderados, eles continuam motivados e com toda a disposição. Realmente, fora uma ótima ideia do vidente em trazê-los ali. O próximo destaque da viagem é o monte pedregoso, reunião de pontos pétreos bem distribuídos no meio da natureza. Em relação ao ponto anterior, estavam no lado oeste e onde em frente visualizava-se o monte rochoso, do lado direito a imensidão verdejante e do lado esquerdo a serra propriamente dita. Eles aproveitam o local para descansar um pouco e hidratar-se da exaustiva caminhada. No entanto, havia muito a ser descoberto.

Pensando nisso, pouco depois, eles retomam a caminhada célere que se propunham desde cedo. A trilha os leva a mais um ponto importante: Uma formação geológica interessante, em trabalhada pela natureza, alta, escorregadia, disforme e com vestígios de pinturas rupestres. Era um dos poucos monumentos daquele parque a conservar estes marcos da civilização antiga. Diante dele, os nossos amigos tiram fotos apreciando sua beleza peculiar. Como era maravilhosa a paisagem nordestina. O deslumbramento é tão grande que eles nem acreditam que estavam ali, vivenciando este momento marcante capaz de fazer refletir e curar as piores mazelas. Bendito seja o filho de Deus!

Inspirados por tudo o que viram até ali, retomam a caminhada mais convictos, felizes e dispostos. O passeio realmente estava surtindo efeitos em suas almas sofredoras. A quem deviam isso? Em primeiro lugar a Deus, ao filho e ao destino que tinham dado uma ajudinha. Tudo se encaminhava aos poucos para a solução dos problemas.

Avançando um pouco mais dentro da mata, o guia os leva a um lugar peculiar: O grupo encontra-se na beira do desfiladeiro e alguns corajosos sentam em sua beira desafiando a altura. Caso escapassem acidentalmente, não restaria nada de seus corpos mortais tamanho a profundidade do local. Obra incrível da natureza. Eles trocam informações entre si, tiram mais fotos, descansam um pouco na formação rochosa e estudam o ambiente. A vegetação é típica da caatinga apresentando grande diversidade de espécimes com abundância de bromélias e cactos. Em relação à fauna, são conhecidos mais de cento e cinquenta espécies, a exemplo do pintassilgo, a Maria-Macambira, o picapauzinho, o lagarto das rochas, a lagartixa de Kluge entre outros.

Vinte minutos depois, eles despedem-se desta paisagem e seguem em busca da última grande atração do dia. Deslizando em curvas pela trilha, os nossos amigos enfrentam o sol escaldante, a poeira, as pedras pontiagudas, os espinhos dolorosos, o cansaço e o perigo constante de encontrar animais peçonhentos ou selvagens. No entanto, estava valendo muito a pena o passeio.

Um pouco mais adiante, deparam-se com a última grande paisagem do dia: Um conjunto harmônico e homogêneo de acidentes naturais dispostos na planície logo abaixo do monte em que estavam. Enfileirados, os montes pareciam peças de xadrez no grande tabuleiro que é o planeta Terra. Os Jogadores seriam Deus e o destino e as outras peças os humanos em sua maioria pervertidos. Como no jogo, a vida iria caminhar de acordo com os lances dos responsáveis e como eram sábios tudo ia dar certo no final. Eram o que todos esperavam.

Eram onze horas da manhã e de comum acordo o grupo decide acampar ali, naquele mesmo local avistando os acidentes naturais. Com a ajuda de todos, eles armam a barraca, buscam lenha na mata e acendem uma pequena fogueira. O objetivo era preparar o almoço de todos. Como da outra vez, todos cooperam e uma hora e meia depois o rango fica pronto. Começam a então servir-se e degustar o arroz e o feijão tropeiro. Neste intervalo de tempo, alternam-se momentos de silêncio e troca de informações importantes entre eles num total de trinta minutos corridos. Ao final deste período, eles cuidam da finalização do almoço, lavam os pratos e apagam o fogo. No momento posterior, reúnem-se em um círculo e "O mestre da luz" destaca-se tomando a palavra:

"Meus amigos e irmãos eu quero falar-lhes de algo. Quero falar da sociedade moderna cheia de regras, imposições e conceitos morais. Primeiramente, como é a relação de vocês com o meio externo, a dita sociedade contemporânea?

"Eu vivi dois tipos de situação: Uma mais atrasada onde tudo era motivo de escândalo e a atual mais liberal em todos os sentidos. No entanto, sempre haverá regras a se seguir. (Constatou Messias)

"Eu acho que existe uma dicotomia envolvida em tudo isso. Temos a sociedade das elites que ditam as regras e a classe baixa que se submete a ela. Há também uma sociedade estratificada por etnia, religião e opção sexual. (Opinou Emanuel Melkin Escapuleto)

"Eu também incluiria nesta classificação a estratificação regional. A realidade do Norte e do Nordeste é completamente dispare das outras regiões, ou seja, as regras também mudam um pouco. Aqui, nós não temos muitas opções. (Paulo Lacerda)

"Na minha humilde opinião, a sociedade está em falência porque não consegue proteger os direitos dos menos favorecidos. O que se vê é uma violência e desrespeito exacerbados. Eu deixei de acreditar no poder de uma sociedade há muito tempo. (Tadeu Barbosa)

"Eu concordo com vocês todos. De fato, a sociedade humana tem muitas distorções em suas variadas esferas. O que aconselho é que sigam seus próprios valores mesmo que eles contradigam estas benditas regras. Javé, nosso pai, nos criou com personalidade própria e devemos fazer o papel principal no palco deste teatro que é a vida. Sejamos autênticos! (O vidente)

"Mestre, e o que nos diz do desprezo e do despeito da sociedade em relação às minorias? (Indagou Emanuel)

"É algo muito grave. Pensando nisso, escrevi o livro "Eu sou", quinta saga da série "o vidente" onde dou um grito de liberdade e enfrento esta mesma sociedade. No livro, aceito como apóstolos criminosos, depressivos, corruptos, deficientes, uma mulher que provocou aborto, cientistas e até um padre. Eu demonstro assim que eu e meu pai não temos preconceitos e nosso reino está aberto a todos. Basta apenas uma sincera atitude de mudança, entregar sua cruz a mim, abraçar a causa do bem e crer em nosso nome. "Eu sou" não é um humano, é um ser perfeito e diferentemente da sociedade que só julga, acredita em vocês. (Aldivan, o filho de Deus)

"Bendito seja mestre. Fizemos a escolha certa ao trazê-lo aqui. Em breve, nosso amigo Tadeu ficará curado de suas "Marcas Feridas". (Emanuel)

"Eu acredito que sim. A cada momento surpreendo-me mais com este homem que não é comum. A confiança está sendo consolidada pouco a pouco. (Tadeu Barbosa)

"Obrigado. (O filho de Deus)

"Falando nisso, filho de Deus, acredito que o preconceito e o orgulho são difíceis de combater. É praticamente impossível tendo uma visão realista. (Messias)

"Eu tenho consciência disso, Messias. Mas para isto tem a separação entre bons e maus no fim dos tempos: "Ajuntarei o trigo no meu celeiro e jogarei a palha nas trevas exteriores. Quem tiver ouvidos para ouvir, que ouça." (O filho de Deus)

"Como fica a minha situação, Aldivan? Um homem simples, agricultor, guia e motorista, que foi crucificado pela vida? (Paulo Lacerda)

"Meu pai é conhecedor de tudo. No tempo devido, receberás a recompensa justa pelos seus trabalhos e alcançará a paz pois eu quero. (Aldivan)

"Eu creio! (Paulo)

"Assim seja! Voltemos as nossas demais atividades. (O vidente)

Obedecendo a ordem do vidente, a conversa foi tida como encerrada e o silêncio pairou entre eles. No restante da tarde e noite, realizaram diversas atividades: Descanso na barraca, passeio ao derredor, escutar música no rádio de pilha, fazer planos para o futuro, preparar o jantar e ao ficar pronto (reabastecer as energias), estudar as estrelas e papear á noite, ir dormir. O outro dia certamente traria mais novidades naquela intrigante selva agreste. Boa noite a todos.

Capítulo 4-Trilha da caverna

Amanhece no paraíso de Catimbau e o sol convidativo que surge vai ajudando no despertar de todos. Um a um, vão levantando-se do chão duro e seco, espreguiçam-se e organizam-se em relação à preparação do desjejum. Emanuel, Messias e Paulo vão buscar lenha na mata e quando trazem o material, a comida fica por conta dos mestres de cozinha Aldivan Teixeira e Tadeu Barbosa. Os dois trabalham juntos e ambos são cheios de dotes culinários. O primeiro tinha prazer em cozinhar sempre que tinha tempo e o segundo fora obrigado pelas circunstâncias a cuidar de si próprio desde cedo.

Como a mata era um lugar inóspito e sem muitas opções, o cardápio do dia é bolacha com ovos estrelados. Mesmo assim, ninguém reclama e depois que tudo fica pronto, eles repartem igualmente a comida entre eles. Enquanto comem, ficam a trocar informações alegremente com o objetivo de aproximação e maior entrosamento entre os mesmos. Juntos, eram o grupo dos "Filhos da luz", série também importante do filho de Deus.

"Você que conhece bem o lugar, Paulo, teremos mais surpresas pela frente? (Tadeu Barbosa)

"Com certeza. Catimbau é um parque com cerca de sessenta e dois mil e trezentos hectares (62300 ha) abrangendo os municípios de Buíque, Ibimirim e Tupanatinga. Nem mesmo eu que sou guia o conheço completamente. (Paulo)

"Incrível. O vidente é um gênio por ter tido a ideia de nos trazer aqui. Estou com esperanças mesmo sendo meu passado tão tortuoso. (Tadeu Barbosa)

"Eu o trouxe exatamente por este motivo. Faça de conta que o passado não existe e que está nascendo agora. Você ficará livre para sonhar e terá a confiança necessária em mim, sua redenção. (Interveio o filho de Deus)

"Eu vou tentar. (Prometeu Tadeu)

"Estou começando a admirá-lo também. Sigamos rumo a esta luz de Deus. (Paulo)

"Eu também, fui seu mestre e agora seu servo, porque ninguém sabe tudo a ponto de não poder aprender nem ninguém é tão ignorante que não possa ensinar. (Messias Escapuleto)

"Eu fui seu salvador, ao livrá-lo duma colisão com um caminhão, e agora estou sendo salvo por suas palavras. (Emanuel Melkin Escapuleto)

"Agradeço as palavras de Todos. Eu continuo sendo o jovem sonhador de sempre. A diferença é que estou mais convicto e decidido por onde trilhar. A quem me seguir, prometo um reino de delícias onde todos são iguais. O meu reino é um paraíso onde corre leite e mel em abundância. Quem provar do meu amor e do meu pai não terá sede nem fome jamais. Está escrito que os servos fiéis adorarão o pai e seus filhos no Monte Sião. Nesta época, a paz reinará na terra. (O filho de Deus)

"Deixa-me entrar no seu reino, Filho de Deus! Eu não aguento mais minha vida desgraçada. Eu só encontro maldição e azar onde quer que eu passe. Se não fosse a visita de vocês e esta viagem eu já estaria morto. Tenha piedade, pelo amor de Deus! (Tadeu Barbosa)

"Acalme-se, irmão! Você pensa que também não sofro? Eu também sinto na minha humanidade os pesares humanos. Eu já enfrentei a miséria, já fui rejeitado e desprezado pelos homens, já tive perdas familiares importantes, eu fracassei também, fui injustiçado, fui ignorado e fui confundido. No entanto, meu pai sempre acreditou em mim e salvou-me. Pela graça que alcancei, eu também agirei da mesma forma com os outros. Eu o amo como a mim mesmo e este amor infinito estende-se a toda humanidade mesmo que ela não mereça. Porque amor de pai é assim mesmo, sem medidas. (O vidente)

"Eu entendo. Desculpe o desabafo. (Tadeu Barbosa)

"Não se preocupe. Desabafar faz bem. Estamos aqui para apoiá-lo. (O filho de Deus)

"Obrigado. (Tadeu)

"O filho de Deus tem toda razão, Tadeu, todos nós carregamos "Marcas feridas" do nosso passado e algumas incomodam bastante. Temos que aprender a superá-las e Aldivan é o único que pode nos dar os elementos certos para isso. (Emanuel)

"Não é por acaso que ele é o mestre da luz, o enviado de Deus para restabelecer o contato entre Deus e a humanidade perdida. Tenhamos fé! (Messias)

"Sim. Eu vou tentar persistir, irmãos! Obrigado pela vossa ajuda. (Tadeu Barbosa)

"Muito interessante a discussão. Eu vou aproveitar o passeio e aprender também a controlar meus medos e problemas. (Paulo Lacerda)

"Á vontade, irmão. Eu estou disponível para ajudar a todos que necessitarem. Peça e lhe será dado, bata e abrir-se-á, procure e achará. O espírito de Deus concederá bênçãos sem medida pois ele é pai e não padrasto. (Aldivan)

"Assim seja! (Os outros)

A conversação subitamente para e eles tratam de terminar o desjejum. Minutos depois, concluem esta etapa e o filho de Deus volta a tomar a palavra mexendo em sua cabeleira e barba por fazer. Sua calça jeans manchada, sua blusa de malha, sua cueca azul e sua bota de cano preta davam-lhe um tom a mais de respeito.

"Continuemos a nossa missão. Desarmemos a barraca, arrumemos as mochilas para prosseguir no passeio. Vamos, irmãos!

Imediatamente, os amigos dele e o próprio Aldivan foram cuidar dos últimos detalhes. Naquele exato momento, a harmonia reinava entre eles apesar do nervosismo, da inquietação e da incerteza. O que aconteceria com eles? O que Deus e seus filhos pretendiam fazer com suas vidas? O ar de mistério em torno do mestre ainda era muito grande. O que se sabia dele é que era um jovem simples, camponês das brenhas de Pernambuco e que fora transformado pela ação do espírito. Seu semblante trazia a marca divina da confiança, da bondade, da generosidade e humanidade. Independentemente de quem fosse realmente era sem dúvida um ser especial destinado a mudar a vida de muitos com seu nome trazendo o poder e a importância do filho de Deus. Polêmicas à parte, ele merecia este título pois sua história da vida trazia provas reais da sua ação e do pai conjuntamente realizando-se um milagre muito grande.

Com tudo pronto, eles reúnem-se e com o auxílio do guia partem para mais uma intrigante aventura: A caverna proibida do Catimbau. Do local onde estavam-Torres-procuram uma trilha próxima que os levasse ao destino. Com a experiência de Paulo em atalhos na mata, em meia hora de esforços chegam ao alto da serra, divisa entre a trilha atual e a trilha pretendida. A partir daí, segundo informações, em no máximo quatro horas teriam acesso a entrada da caverna.

Superando a divisa, iniciou-se a descida do paredão numa trilha improvisada devido ao fato do local ser pouco conhecido e visitado. Circundado por abismos dos dois lados, os nossos amigos esforçam-se para não escorregar nas ladeiras íngremes. Qualquer deslize seria fatal para a vida deles.

Passam-se uma, duas, três horas e algum tempo depois já visualizam a entrada da caverna. Neste momento, a adrenalina e o nervosismo são totais. Estavam a ponto de enfrentar uma gruta perigosíssima, habitat de quarenta espécies de morcegos além de cobras e outros animais peçonhentos.

Alguns passos adiante, já se encontram em frente ao perigo. Com cerca de cem metros de extensão, o local se impõe pelo misticismo e a escuridão. Estáticos, o filho de Deus e os seus companheiros buscam coragem para adentrar na mesma.

Mesmo diante dum grande desafio, nossos amigos são grandes guerreiros. De mãos dadas, fazem uma linha e um a um vão adentrando na caverna. Auxiliados por uma lanterna, eles percebem de início um teto baixo da gruta. Eles têm que passar arrastando-se pela pedra porque ao lado tem um grande abismo. Com a experiência e perícia de Paulo Lacerda, felizmente eles superam esta etapa.

No próximo compartimento, o teto da gruta fica mais alto e a proximidade com os morcegos deixa o ambiente mais pesado.

É necessário tomar o máximo de cuidado para não os aborrecer e provocar um acidente. O vidente aproveita o momento para entoar uma oração numa língua desconhecida o que provoca uma certa paz e tranquilidade aos outros.

Eles ficam por aproximadamente mais cinco minutos no local e só então fazem o caminho de retorno. Cuidadosamente, deixam o segundo compartimento, entram no primeiro e alcançam a saída sem maiores problemas. A pequena gruta agora ficaria para trás.

Do lado externo, acampam, montam a barraca, trazem lenha da mata e começam os preparativos do almoço. Duas horas depois, está tudo pronto, eles alimentam-se e descansam. No restante da tarde e noite, planejam os próximos passos, preparam o jantar e o comem, dão voltas no local, observam a noite estrelada e conversam por horas a fio. Os principais pontos da conversa estão transcritos abaixo:

"Meus amigos e irmãos, eu quero tocar num assunto delicado. Como vocês encaram os desafios diários da vida? (O vidente)

"O meu desafio é cuidar da minha família e meu trabalho. Amo estas duas esferas de atuação. Junto à minha família, descubro o prazer de ser esposo e pai e o meu trabalho me satisfaz além de ser meu sustento. Quem não queria estar sempre em contato com esta natureza maravilhosa? (Paulo Lacerda)

"Tem razão, colega, é uma bênção estar aqui ao lado de pessoas tão especiais. Sinto-me com esperanças apesar da minha vida conturbada até o momento. (Tadeu Barbosa)

"O meu desafio é ter que conviver com uma terra árida e seca. Nos últimos anos, está sendo uma lástima para a agricultura. No mais, sou feliz com meu filho. (Messias Escapuleto)

"Além do que o meu pai disse, o preconceito das pessoas, a falta de oportunidades de trabalho, as normas sociais dificultam a vida dos jovens hoje em dia. (Emanuel Melkin Escapuleto)

"Eu compreendo todos vocês. Eu também tenho minhas próprias dificuldades. A vida sempre me desafiou desde quando eu era mais jovem: A infância difícil onde convivi com privações, as humilhações impostas pelas circunstâncias, minhas paixões impossíveis, o desemprego e a insegurança que me dominaram por muito tempo, a minha noite escura da alma onde esqueci os bons princípios. O fato crucial foi quando o anjo interveio e salvou-me das garras das trevas. A partir daí, as conquistas foram surgindo e minha vida melhorou bastante a custo de muita dedicação e suor. Tudo isto foi possível porque sou um ser humano bacana e otimista que acredita sempre em Deus e no meu projeto. E vocês? Persistem em seus sonhos ou desistem? (O filho de Deus)

"A vida nunca me deu uma chance de sobrevida. Então nem tive como lutar pelos meus sonhos, eles ficaram escondidos no âmago do meu ser. (Confessou Tadeu Barbosa)

"O que passou não tem mais volta. Eu e meu pai oferecemos nossa mão para reerguê-lo e levar-lhe a uma terra onde colhe leite e mel. Prometo que não terá mais sofrimento, culpa ou medo de ser feliz. (Prometeu o filho de Deus)

"Tudo parece uma grande utopia até agora. Vou conhecê-lo e esperar resultados mais concretos. (Tadeu Barbosa)

"Claro, à vontade, amigo. (Aldivan)

"Deus dá exatamente o que merecemos. Pelos esforços que desprendi, alcancei sucesso e durante toda a minha vida foi assim. Basta focarmos e alcançaremos os resultados pretendidos pois Deus pai abençoa. (Messias Escapuleto)

"Ainda não conquistei muitas coisas, mas aprendi com meu pai a ser persistente. Vale muito a pena. (Emanuel Melkin)

"Irmãos, minha vida foi de altos e baixos. Meus pais criaram-me na roça e quando o ano era bom era só felicidade, festas com fartura, arraial e forró pé de serra. Quando a seca chegava, não tínhamos nem o que comer, íamos trabalhar como burro de carga para ganhar alguns trocados. O tempo passou, eu casei e quando Catimbau foi tombado como parque nacional as coisas melhoraram bastante. Hoje vivo do turismo como guia. (Paulo Lacerda)

"Muito bom. Concluímos então que desistir é um erro. Em caso de fracasso, devemos rever nossas estratégias e tentar novamente. No tempo de Deus, as coisas certamente concretizam-se. (o vidente)

"Exato, grande mestre. (Messias Escapuleto)

A conversa continuou por mais algum tempo sobre assuntos variados. Quando se esgotam de cansaço, no fim da noite, vão tentar dormir adotando a escala de revezamento. No outro dia, iriam conhecer a próxima trilha daquele encantador lugar. Até o próximo capítulo.

Capítulo 5-Trilha tradição

A noite passa rapidamente, a madrugada chega e logo depois amanhece. Graças a Javé, nada acontecera, pois, como dito uma pessoa sempre ficava de prontidão protegendo os outros. Era algo extremamente necessário pois o local era infestado de animais ferozes e peçonhentos devido à natureza preservada do bioma caatinga, algo raro na região. Na maioria dos lugares do estado, a natureza estava muito devastada devido à explosão populacional que impulsionava a depredação dos recursos naturais.

Os nossos amigos mais queridos um a um vão levantando-se e organizando-se. Enquanto Messias Escapuleto, Paulo Lacerda e Tadeu Barbosa vão buscar lenha na mata, o grande filho de Deus e seu antigo salvador Emanuel Melkin esperam pacientemente limpando o terreno ao redor da barraca.

Os dois jovens trocam uma conversação rápida.

"Como o tempo passa, Aldivan. Desde o nosso encontro em Arcoverde, já não somos mais os mesmos. Descobrimos em ti o lendário mestre da luz, esperança para humanidade nestes tempos difíceis e quem diria que eu, um reles pecador, iria livrá-lo da morte em sua travessia na esquina. Como o mundo é cheio de surpresas! (Emanuel Melkin)

"Estava marcado para acontecer em nossos destinos, amigo. Agradeço ao meu pai o nosso encontro e a nossa nova série. Juntos podemos fazer história e transformar as relações das pessoas entre si e com isso ajudar na evolução do planeta. Eu creio! (Aldivan)

"Sim, eu também. O que o nosso amado Filho de Deus fez no tempo em que estávamos afastados?

"Eu estive cuidando da minha vida particular: Meu trabalho no serviço público, as relações familiares, o meu trabalho de literatura em relação à série principal, "O vidente". Neste caminho, encontrei diversas pessoas e sempre que possível mostrei minha personalidade e a do meu pai. Pude perceber que a maioria delas está carente de afeto, atenção, amigos, alguém que as escute. Muitas vezes são pessoas incompreendidas pelos próprios familiares e como não tem abertura de diálogo preferem calar-se e fingir que está tudo bem mesmo que esta não seja sua realidade. Em mim, elas encontraram um verdadeiro amigo. Um irmão que as ama independente do que elas foram ou deixaram de fazer e que acredita nelas. Por isto, no meu quinto romance eu declarei que "Eu sou". E você? O que fez de importante?

"Nada demais. Continuei junto ao meu pai no povoado Jeritacó em nossa vida simples. Estávamos esperando o momento em que Deus nos reuniria novamente.

"Ah, legal. Estamos aqui junto com os outros e espero corresponder a expectativa de todos.

"Eu também. Quero ser um grande parceiro e seu amigo para todas as horas.

"Obrigado. Eu faço das suas palavras as minhas palavras.

"Assim seja!

Os outros aventureiros acabam de chegar vindo da mata e a conversação é interrompida. Com a lenha que trouxeram, o combustível, o fósforo e os vasilhames pegos na mochila o fogo é aceso e então Aldivan e Emanuel começam a preparar o desjejum (ovos mexidos) e o café o qual era sua obrigação do dia. Em questão de minutos está tudo pronto e eles tratam de saciar sua fome e desespero. Afora o barulho natural da mata, o silêncio impera.

Entre brincadeiras, conversas, o canto dos pássaros e tendo uma visão esplendorosa do parque tomado por relevos montanhosos, vegetação típica da caatinga e a fauna abundante eles degustam o alimento. Ali cada um tinha um motivo especial para comemorar: O vidente, em ensinar, conhecer novas pessoas e reencontrar amigos importantes, o guia Paulo Lacerda em conhecer figuras distintas no seu prazer profissional, Tadeu Barbosa, o problemático, em ter esperanças de um futuro melhor, Messias por experimentar o papel de aprendiz, Emanuel pelo reencontro com seu protegido. Realmente tudo se encaminhava bem e produzia boas expectativas graças às atitudes emblemáticas e conselhos do verdadeiro filho de Deus escondido da grande mídia.

Juntos, a equipe da série filhos da luz era um conjunto coeso e preparado para grandes jornadas. Catimbau, sede da segunda saga, não fora escolhida por acaso. Era um local sagrado onde um tempo atrás o vidente tivera o prazer de visitar e ficara marcado em sua mente, coração e lembranças. Trazer seus amigos para este lugar era como trazê-los para sua própria casa e acolhê-los no fundo do peito como seu pai faz com todos. Nisto residia sua grandeza e sua graça.

Logo que terminam o desjejum, eles reúnem-se rapidamente e o guia lhes dá as novas orientações. Tomando a frente, Paulo vai guiando os demais nas estreitas e perigosas trilhas da do paredão circundado por abismos de ambos os lados. São quase quatro horas gastos no percurso até alcançarem a divisão das trilhas e seguirem novo rumo.

Seguindo pela direita, eles têm acesso a pedreiras, bosques e finalmente montes enfileirados. Eles armam a barraca ali mesmo, entre os acidentes geográficos, acendem uma nova fogueira, cozinham arroz e feijão para o almoço e com tudo pronto, reabastecem as forças.

Trinta minutos depois, eles já terminam e estão livres para o debate do dia.

"Meus amigos, quero falar-lhe dum assunto importante e sério, o modo como vocês levam a vida. Quais escolhas importantes tiveram que fazer até o momento? (O vidente)

"Eu fiz várias. A cada dor que a vida me impôs, eu tive que me levantar e continuar seguindo minha vida. Entretanto, não deixei de acumular "Marcas feridas" destes eventos. O meu objetivo aqui é curá-las ou pelo menos entendê-las e sofrer menos. (Tadeu Barbosa)

"Eu entendo perfeitamente, Tadeu. Eu também já fiz escolhas importantes e outras eu adiei. A vida nos coloca diariamente em frente de questões que exigem tomada de decisão. O importante é refletir bastante e fazer a escolha certa. Nem sempre isso é possível e é aí que as marcas agem infligindo- nos dores. Porém, eu garanto a você apoio irrestrito em suas causas e juntos analisaremos nesta viagem o que é melhor para você e o grupo em geral. Está certo? (O filho de Deus)

"Entendido. Esperemos os próximos acontecimentos. (Tadeu)

"Há escolhas e sub-escolhas. As escolhas te dão uma margem suficiente para você deliberar e escolher o caminho mais palpável. Foi assim quando casei e tornei-me guia. As sub-escolhas te prendem de tal forma que ficas sem opção. Por exemplo, quando jovem, o fato de eu ser dependente do meu pai e ele ter me proibido de estudar, atrasaram grandemente minha vida. Hoje não tenho mais forças para lutar e mudar esta realidade. (Paulo Lacerda)

"Concordo, Paulo. Eu só fico triste pela sua decisão de desistir de estudar. Existem erros insanáveis e erros sanáveis. O fato de não poder estudar no passado não impede a sua luta do presente. Se você quiser, ainda há tempo. (Aldivan)

"A situação mudou muito, filho de Deus. Hoje, sou um homem casado, trabalho em tempo integral e com preocupação com filhos pequenos. Simplesmente estou sem forças para mudar meu passado. (Paulo)

"Arranjamos qualquer desculpa quando temos medo de quebrar tabus e enfrentar nossos próprios paradigmas. Contudo, respeito sua decisão. (O vidente)

"Obrigado. Isto mostra sua grandeza de espírito. (Paulo Lacerda)

"Todos nós temos grandes escolhas a fazer, isto do pequeno ao grande. O que fazemos com nossas escolhas é que faz toda a diferença. (Messias Escapuleto)

"É verdade. Não temos outra opção senão escolher. Com a experiência adquirida, os acertos vão superando os erros. (Aldivan)

"Exatamente, mestre. Tratar das marcas causadas pelos erros é que ainda é desafiador. (Messias)

"Estou aqui para isso. (O filho de Deus)

"Ainda bem. Glória ao pai! (Messias)

"Mestre eu também já errei bastante nas minhas escolhas. Qual o segredo para alcançar uma maior precisão? (Emanuel Melkin Escapuleto)

"Como já dito, a experiência. Outra questão importante é analisar bem a situação e fazer uma lista de prioridades do momento. Elas lhe darão um caminho a seguir. (Aldivan)

"Perfeito. Eu farei isso. Obrigado. (Emanuel)

"Tenham foco e prioridades, amigos. Vejam meu exemplo: Já sofri a miséria, a rejeição, o desemprego, o abandono, a indiferença, o desamor, a falta de fé dos que me rodeavam. No entanto, todo o tempo eu acreditei em mim mesmo e no pai que tanto me ama. Cada fase de tua vida tem algo a se aproveitar, então na minha infância brinquei, na adolescência e juventude estudei e na idade adulta estou focado no trabalho, nas atividades sociais e nos relacionamentos. Tudo se dirige para o sucesso pois sou esforçado então aprendam comigo e lutem pelo seu objetivo atual. (Ensinou o filho de Deus)

"Eu farei isso. (Tadeu)

"Nós também. Não é pessoal? (Messias)

"Sim. (Os outros)

"Muito bom. Descansemos agora e planejemos os próximos passos. A aventura ainda não acabou. (O vidente)

Todos atendem à ordem do chefe do grupo e dividem-se em diversas atividades. Aldivan, Messias e Paulo conversam sobre os próximos pontos da viagem. Emanuel e Tadeu vão passear e buscar mais lenha. Na volta, eles reúnem-se novamente, preparam a fogueira e vão descansar. Mais tarde, cozinham o próprio alimento, jantam e aproveitam o restante da noite dentro da barraca pois a temperatura estava muito baixa.

Ao final da noite, tentariam dormir em meio a uma enxurrada de emoções. O que mais viria pela frente? Continuem acompanhando, leitores.

Capítulo 6-Trilha pela caatinga

Revezando como sempre, nossos aventureiros passam a noite naquele santuário. O momento exigia uma profunda reflexão de tudo o que fora feito até ali: Do encontro em Arcoverde até o parque em Buíque eles já tinham avançado bastante em termos de evolução e o responsável por isto tinha o nome de Deus pai. Independentemente do desafio gigantesco que era conviver com suas próprias dores, eles estavam aprendendo o ritmo de convivência e a face do local, a natureza brava da caatinga a qual se espargia em todas as direções. Tinha sido uma ótima alternativa o passeio naquele parque e a consequente tomada de decisões a que estavam submetidos não seria um flagelo tão grande. Ao contrário, era algo extremamente necessário que o filho de Deus fazia questão de frisar.

O grupo tem a nítida impressão que seus desejos podem tomar forma e tornar-se realidade naquele lindo despertar sertanejo: Do lado norte, podia-se ver a grandeza da serra do Catimbau, no lado sul, a pequenez do povoado de mesmo nome. No Oeste, matagal que se estendia por quilômetros. No Leste, ânion entre serras, uma depressão que num passado remoto abrigara um braço do mar onde no centro surge o sol fulgurante. O visual é simplesmente espetacular e eles perguntam-se se estão realmente na Terra ou em um paraíso em um suposta sétima dimensão.

Tudo é realmente fantástico: as pessoas em volta, a natureza e o desafio em si. Bem-humorados, os nossos aventureiros levantam cedo da barraca, acendem novamente a fogueira com o restante da lenha, preparam um cozido de ovos e quando pronto servem-se. Enquanto comem, uma conversação sem muitas pretensões inicia-se entre eles.

"Iniciamos mais um dia. Está tudo bem com vocês, pessoal? (O filho de Deus)

"Eu sinto-me como nunca me senti antes. Fazia tempo que eu precisava dum passeio como este pois renova as forças e amplia os leques de opção. Eu nem pareço velho. (Messias Escapuleto)

"Ah, que bom. Mas não se sinta velho. O homem não se mede pelos cabelos brancos e sim por sua sabedoria. (Aldivan)

"Sei, sei. Você diz isso porque ainda é um trintão. Deixe chegar à minha idade. (Retrucou Messias Escapuleto)

"Quando chegar à sua idade, é porque terei aprendido muito e vivido muito. Nunca vou me sentir um velho. (Replicou o filho de Deus)

"Que bom. (Suspirou Messias)

"Eu também me sinto muito bem aqui. Caminhar ao lado de pessoas tão especiais e junto à natureza é o sonho de quatro em cinco pessoas. Sinto-me honrado. (Emanuel Melkin Escapuleto)

"Eu que me sinto honrado por ter o meu salvador ao meu lado. Se não fosse você, eu seria estraçalhado por aquele veículo em movimento. Fostes um verdadeiro anjo da guarda em minha vida. (Aldivan)

"Que nada! Eu sou apenas um servo. Seu verdadeiro protetor é Uriel, príncipe Superpoderoso da principal milícia celestial. (Emanuel)

"Nem me fale. Estou com saudades dele e feliz com sua humildade. Precisando de qualquer coisa, amigo, pode dispor. (Disponibilizou-se o vidente)

"Muito obrigado. A recíproca é verdadeira. (Emanuel)

"Eu sei. (Completou Aldivan)

"Esta minha vinda aqui está sendo uma grande aventura. Destruído inúmeras vezes pelos fatos da vida, eu já não tinha mais a quem recorrer. Num instante eu estava sem esperanças e em outro estou vivendo momentos especiais com amigos do peito e estranhos que agora são meus amigos. Aos poucos, estou perdendo o medo de ser feliz e ao final de tudo espero a libertação das minhas angústias mais secretas. (Tadeu Barbosa)

"Fico feliz por isto e torço muito para que eu consiga transformar a sua "Treva ainda resistente" em pura luz. O meu pai fez isso comigo e creio firmemente que posso fazê-lo por você e por toda a humanidade que crer em meu nome. Basta apenas um pouco de paciência, tolerância e entrosamento. Chegaremos lá, amigo. (Prometeu o vidente)

"Assim espero. Obrigado por tudo. (Tadeu Barbosa)

"Por nada. (O vidente)

"Tudo parece um sonho louco para mim. Nunca fiquei com uma turma tão inusitada: Um mestre, dois amigos, um problemático e eu no meio de tudo isso oscilando com os fatos. Caramba! Eu nunca pensei que meu trabalho como guia iria me trazer um conhecimento tão sólido sobre relacionamentos humanos. Quero aprender mais com vocês e participar de alguma forma do sucesso que há de vir pois eu creio que somos especiais. (Paulo Lacerda)

"Certamente cada um aqui tem uma história de vida e pode acrescentar algo de bom para o conhecimento mútuo. Sinta-se abraçado por mim e por todos e espero que nos leve a lugares ainda mais fantásticos que este. (Aldivan)

"Sim, eu o farei com o maior prazer. (Paulo Lacerda)

"Por curiosidade, onde nos levará no dia de hoje, Paulo? (Perguntou o inquieto Emanuel)

"Hoje iremos percorrer uma trilha pela caatinga, a mais difícil de todas. Recomendo que usem roupas grossas e protetor solar para enfrentar os espinhos e o sol causticante. (Paulo Lacerda)

"Ok. (Emanuel)

"Pessoal, não percamos tempo. Vamos nos preparar como orientou o Paulo e assim que terminarmos, partiremos. Há muito a fazer no dia. (O vidente)

"Ok. (Os outros)

Todos obedecem ao comando do chefe. Procurando nas mochilas, vestem roupas grossas e repartem entre si um pouco do protetor solar que trouxeram. Após, desarmam a barraca, a guardam numa das mochilas, caminham algumas centenas de metros e afastam-se dos acidentes naturais. Dobram à direita e adentram numa trilha estreitíssima dentro da mata fechada. A perigosa travessia da trilha pela caatinga começava ali.

Neste momento, o espírito é de união e paz apesar das grandes dificuldades. Formavam uma grande equipe, os filhos da luz, ao comando do pai na figura do vidente. O filho de Deus tinha a confiança e a fé necessária dos seus servos para agir. Ao seu comando, seguem firme na trilha estreita por quase um quilômetro e promovem a primeira parada. Em cinco minutos de pausa, aproveitam para hidratar-se e receber instruções do guia. Após este período, a caminhada é retomada.

Dobrando a esquerda na mata fechada, pegam outra trilha ainda mais estreita. À medida que avançam, são atingidos por galhas de árvores e espinhos cortantes. Então o guia providencia um facão e a situação melhora um pouco. Um quilômetro à frente, passam por um bosque frutífero e alguns aproveitam para alimentar-se de frutinhas e balançar-se nas árvores. Esta atividade remete à infância de vários deles criando uma nostalgia saudável. Pouco depois, continuam firmemente a caminhada na mesma direção anterior.

Avançando celeremente, completam o percurso restante até o ponto central da trilha da caatinga: Uma clareira espaçosa em torno da serra e acidentes naturais prodigiosos. Imediatamente, eles armam a barraca, pegam lenha na mata e acendem o fogo para cozinhar o almoço. O cardápio do dia é o tradicional feijão com arroz acompanhado de carne de pássaro abatido na floresta. Eles demoram cerca de uma hora e meia para aprontar tudo. Comunitariamente, eles servem-se uns aos outros em silêncio. Naquela imensa massa verde o que mais interessava era a interação entre eles apesar do constante perigo e incertezas a que eram submetidos. Contudo, estava valendo muito a pena a viagem.

Concluído o almoço, o vidente pôs-se entre eles e toma a palavra iniciando o debate do dia.

"Irmãos, quero abordar um ponto crucial de muitas pessoas, a sua atitude diante das dificuldades. Eu me tenho mesmo como parâmetro. Nasci e cresci num meio retrógrado, num nordeste rural ainda arcaico, ou seja, a sociedade espera algo de você e nem sempre é possível corresponder a esta expectativa. Durante boa parte da minha vida eu tranquei-me no meu próprio mundo, neguei minha própria vontade e isto foi um grande erro pois só me trouxe tristeza e infelicidade. Eu quis fazer um personagem para agradar a minha família e não deu certo. Quando eu me libertei e assumi minha personalidade fui rejeitado, desprezado e humilhado pelas pessoas, mas eu me senti bem. Agora sou eu mesmo e ensinei no meu best-seller "Eu sou", quinta saga da série o vidente, como despertar este lado. Ainda não sou feliz pelas minhas escolhas, mas tenho certeza que estou a caminho disso. Poderiam também partilhar alguma experiência pessoal também?

"Eu sei bem o que é isto. Na verdade, vivemos a maioria sob o jugo de uma sociedade dita moralizada. Alguns a enfrentam e outros simplesmente aceitam suas regras e esta parcela é a grande maioria. O medo é maior. No meu caso, eu sempre fui um modelo de dedicação e nunca fugi ao padrão comum então não tive problemas em ser aceito apesar das rasteiras da vida. (Depôs Tadeu Barbosa)

"O que você retratou é simplesmente inspirador. Sinto orgulho de ter sido seu mestre e agora seu servo. Está de parabéns pela coragem. Na minha vida pessoal, já me deparei com várias situações desta. Algumas, arrisquei e em outras eu me resguardei. Foram acertos e erros que me ensinaram a ser o homem que sou hoje. Com minha experiência posso dizer: Esta liberdade que temos é a melhor coisa dada pelo criador. Somos feitos por estas escolhas. (Messias Escapuleto)

"Meu pai sempre me ensinou a tomar as próprias decisões e independentemente de sofrer ou não eu sou autor da minha própria história. (Emanuel Melkin Escapuleto)

"Fico feliz, amigos. Eu demorei um pouco mais para perceber isso, mas finalmente tomei uma decisão. Hoje eu posso andar de cabeça erguida. E a sua experiência como foi, Paulo? (Aldivan)

"Foi parecida com a sua situação, uma família bastante rígida e retrógrada, mas felizmente eu não tinha nada a esconder. A único coisa ruim é que não tive a oportunidade que o jovem de hoje tem. Nasci e cresci burro. (Paulo)

"Eu te entendo, mas já falei que é algo que pode ser mudado. Basta você dispor-se a isso. (O vidente)
"Eu sei. Mas pelos motivos que já citei não dá. (Paulo)
"Ok. (O vidente)
"Do que mais fala seu livro? (Emanuel)
"Treze histórias, um sonhador, um jovem e dois arcanjos em busca da verdade. O que tem em comum uma depressiva, um pedófilo, uma mulher que provocou aborto, um drogado, um jogador profissional, cientistas, criminosos, uma sexóloga, um esquizofrênico e uma deficiente? Ambos procuram refletir sobre seus atos, seus rumos futuros ao lado do vidente, um ser revolucionário e especial, numa grande viagem no nordeste brasileiro. Declarando-se o filho de Deus, ele promete escutar a todos, aconselhá-los e dar dicas valiosas sobre como retomar a vida mostrando ao longo do tempo sua personalidade e do seu pai. O objetivo maior de tudo é despertar o "eu sou" interno de cada um deles e alcançando este milagre a verdade enfim será revelada. "Eu sou" também representa um grito de liberdade frente às convenções sociais a exemplo do que fez Jesus no passado. "Eu sou" mostra-se desta forma como verdadeiramente o ser humano é em contradição com aqueles que estão acostumados a julgar os outros.
"Maravilha, sou fã seu e quero este livro. Também sinto orgulho de fazer parte de uma série também importante, "Filhos da luz". (Emanuel)
"Obrigado pelo apoio. É por você que faz parte do universo dos meus leitores, pelo meu pai e por toda a humanidade que continuou persistindo em meu sonho. Vai dar tudo certo, eu tenho fé! (O filho de Deus)
"Assim seja! (Todos em sinal de apoio)
"Bem, cuidemos dos outros afazeres. (Aldivan)
A conversa é encerrada e cada um foi cuidar de suas responsabilidades junto ao grupo. Durante o restante da tarde e

da noite, ocupam-se de diversas formas. Ao final do dia, descansam já pensando na próxima trilha.

Capítulo sete-Trilha caiana

Mais um dia surge no belo parque do Catimbau. Logo cedo, nossos queridos aventureiros levantam e saem da barraca improvisada. Bem organizados, preparam o café da manhã e ao ficar pronto servem-se igualitariamente. O momento exige silêncio e grande concentração por parte de todos devido ao grande desafio que era percorrer a próxima trilha e evoluir em relação ao tratamento das marcas feridas.

Durante o desjejum eles olham-se com cumplicidade como se conhecessem há séculos. A equipe da série filhos da luz estava mais entrosada do que nunca. Emanuel aproveita para quebrar o silêncio.

"Qual o próximo passo, Paulo?

"Hoje iremos percorrer a trilha caiana, uma trilha restrita a pesquisadores e aventureiros. É uma trilha curta, mas complicada. (Paulo Lacerda)

"Legal. Estamos prontos não é pessoal? (Emanuel)

"Sim, claro. Confio inteiramente em nossa equipe. (O vidente)

"Se estamos na chuva é para nos molharmos. (Tadeu Barbosa)

"Nada que nossa disposição não possa superar. (Messias Escapuleto)

"Muito bem. Gosto de ver assim, dispostos. Não se preocupem com nada, eu vos orientarei em todos os sentidos. (Paulo)

"Obrigado. (Aldivan)

A pequena conversação encerrou-se aí mesmo e os nossos amigos cuidaram em concluir a refeição, um bom mexido de ovos acompanhado de frutas tropicais. Um pouco depois já tinham terminado e seguindo orientações dos comandantes da operação, juntam as coisas e desarmam a barraca. Com tudo pronto, saem da clareira em que estavam e dirigem-se ao ponto de divisão com a outra trilha.

No caminho, andando na trilha estreita, eles têm diversas surpresas ao longo do caminho: Quase pisam numa cobra que foi enxotada pelo guia, encontram outro grupo de aventureiros e os cumprimentam, alguns tem problemas estomacais devido a alimentação na floresta e a caminhada tem que ser suspensa por um tempo. Retomando a caminhada, eles seguem firme em frente até chegar ao ponto de divisão. Tinham se passado duas horas de sua saída e eles ficam felizes por mais uma etapa conquistada. Agora só era permanecer no caminho.

Na nova trilha que tem acesso já dentro da caiana, eles sentem-se confortáveis e felizes apesar das dificuldades naturais impostas pela mata. Tudo valia muito a pena em prol do conhecimento e da diversão mútua. Com oitocentos metros percorridos eles já tem acesso a primeira paisagem em destaque: Um trio de acidentes naturais, trabalhados na pedra pela natureza ao longo de milênios, rodeados por vegetação e pela serra que se impõe na direção nordeste. As formações geológicas tem formatos de navio, uma de torrada e outra de torre destacando-se na mata Agrestina.

Os visitantes ficam sem palavras durante alguns instantes frente a este deslumbre da natureza. Sentem-se pequenos diante do mistério e da vida e da natureza criada pelo pai do Aldivan. Falando do filho de Deus, a proposta de trazê-los aqui era exatamente isto: Mostrar a simplicidade e grandeza da natureza e paralelo a isto curar as dores de todos com perspicácia e inteligência. A estratégia parece que estava dando certo.

Um pouco depois, eles são obrigados a retornar a caminhar por conta do tempo. Orientados pelo guia, eles avançam um pouco mais e os obstáculo são gradativamente superados. A próxima paisagem libertadora apresenta-se: Uma junção de pedras, tampa e vasilha, adornados com pinturas rupestres. Observado as pinturas, encontram uma em formato de tigre, outra de pássaro comendo frutinhas e a terceira representa a figura de um homem. Sentem-se agraciados por um milagre, vestígios de antepassados a milhares de anos atrás completamente preservados na pedra. Tocando delicadamente nas pinturas, eles imaginam suas vidas, sua cultura e a Terra daquela época. É simplesmente fantástico.

Um breve momento depois, já se colocam a caminhar novamente em busca das próximas aventuras. A trilha estreita-se ainda mais o que dá uma sensação de sufocamento. Estar ali realmente era um milagre devido as grandes dificuldades a serem enfrentadas. Seiscentos metros depois, alcançam mais uma grande obra natural: Um monte triangular, com inúmeras massificações e ramificações provavelmente ocasionadas pela exposição a chuva e o sol. Ele fica no centro da planície. Nossos amigos aproveitam para tirar foto, descansar um pouco e receber orientações do guia. Após este rápido intervalo, a caminhada continua.

A última parte do trajeto revela-se mais complicada devido ao cansaço de todos. Eles diminuem o ritmo e com isso podem aproveitar melhor o visual da região que sem dúvidas era um dos mais belos do mundo. Ao final do trajeto, eles chegam à beira do abismo, a pedreira maior, de onde podem ver o cânion espalhando-se por todas as direções. Uau! Simplesmente espetacular. De comum acordo, eles montam a barraca ali e começam a trabalhar em suas atividades. Inicialmente, todos se engajam na preparação do almoço que apresenta como cardápio cuscuz com galinha selvagem. Bem organizados, nossos amigos terminam de aprontar o alimento em cerca de uma hora e meia. Eles servem-se uns aos outros e como de costume a discussão inicia-se neste momento.

"Eu aproveito o momento para iniciarmos uma discussão sobre o trabalho em geral. Sou funcionário público de carreira há cerca de seis anos e na minha atual função há dois anos. Minha impressão sobre o meu trabalho é a melhor possível: Tenho um salário mensal, estabilidade, colegas de trabalho bacanas, um chefe compreensivo, possibilidades de elevação salarial, trabalho com o que gosto e o melhor, esta função possibilita o meu segundo trabalho de escritor pois são apenas seis horas de labuta diária. Enfim, estou feliz. E a situação de vocês? Como está? (O filho de Deus)

"Eu estou satisfeito com meu trabalho de guia. Mas já passei muito perrengues na minha vida: Já enfrentei a misérias, as secas, o queimar do sol nos dias puxados, já sofri perseguição de patrão. Então tudo o que eu passei deixou marcas memoráveis em meu corpo e minha mente deixando-me mais crítico em relação ao trabalho. (Paulo Lacerda)

"Eu sei como se sente, Paulo. Eu também já sofri um pouco de tudo isso. Não é à toa que sou filho de simples camponeses. As dificuldades que enfrentei tornaram-me mais forte e mais focado em meus objetivos. Hoje estou numa boa colocação porque mereço. (Aldivan)

"Parabéns! Eu o admiro pelo homem que você é independente de ser o filho de Deus ou não. (Paulo)

"Obrigado. "Eu sou" aquele que "sou" e o amo incondicionalmente com este amor estendendo-se por toda humanidade. Fique tranquilo, irmão. (O vidente)

"Assim seja. Muito obrigado. (Paulo)

"Trabalho por conta própria e minha vida não está fácil por conta da seca que assola esta região desde 2012.A nossa salvação são os trabalhos alternativos que fazemos os quais mal dão para sobreviver. (Relatou Messias Escapuleto)

"A minha situação é a mesma do meu pai. (Emanuel Melkin Escapuleto)

"O que posso dizer para vocês? Nada do que está acontecendo é culpa minha ou do meu pai. Em grande parte, são reações naturais do meio ambiente ao contato do homem moderno que só pensa em produzir e destruir. Estamos sofrendo as consequências por tempo indeterminado. Eu não sou rico, mas caso precisem de ajuda eu me esforçarei. Contem comigo, amigos. (Disponibilizou-se o vidente)

"Agradeço a compreensão, filho de Javé. Não se preocupe conosco, sempre haverá uma saída. (Messias)

"Fico feliz por você estar bem no trabalho e espero que continue transformando a vida de muitas pessoas. (Emanuel)

"Muito obrigado aos dois. Vocês são exemplos raros de servos dedicados. Emanuel, eu não me esqueço do nosso primeiro encontro. Foi algo realmente marcante. (Aldivan)

"Eu também não. Salvá-lo do perigo me fez renascer como homem. Hoje, sinto-me verdadeiramente feliz. (Emanuel)

"Eu sou muito feliz também por tudo o que meu pai me proporcionou até agora. Sou um jovem realizado no trabalho, escritor e com muitos amigos e servos fiéis. Por vocês e todos os leitores, eu continuarei com meu trabalho. (Aldivan)

"Assim faço votos. (Emanuel)

"Assim seja! (O vidente)

"Minha vida está estagnada. No momento, estou começando a alimentar esperanças e as perspectivas apontam para um auto crescimento. No entanto, terei que esperar mais para resolver problemas sérios internos. (Comentou Tadeu Barbosa)

"Estamos aqui para ajudá-lo, amigo. De quebra, aprendemos mais diante deste espetáculo de natureza que é Catimbau. Tudo é possível. Basta apenas ter paciência e fé. (O filho de Deus)

"Eu creio. Por isso permaneço com vocês. (Tadeu Barbosa)

"Então é isto amigos: O trabalho é uma parte importante de nossa vida e que se reflete nas outras esferas, a exemplo do pessoal e da social. Alguma coisa a acrescentar? (O vidente)

"Apenas relatar que estamos no caminho certo. Já aprendi bastante. (Messias)

"Isto. A nossa equipe está de parabéns. Nosso trabalho na literatura reflete em nosso aspecto pessoal. (Emanuel)

"E como! Minha mulher já deve estar cheia de saudades. Ossos do ofício. (Paulo Lacerda)

"Como eu não tenho ninguém, está tudo tranquilo. Quero retomar a minha vida social no tempo pós-aventura. (Tadeu)

"Beleza. Estamos juntos. Continuemos as atividades do dia. (concluiu o vidente)

Obedecendo ao chefe da expedição, eles cuidam em terminar o almoço e após dividem-se em tarefas. Paulo e Aldivan planejam os próximos passos da aventura e trocam informações importantes enquanto os outros descansam. Próximo da noite, eles acordam, preparam o jantar e quando pronto fazem a última refeição do dia. Após, vão todos tomar banho numa lagoa próxima. Na volta, acendem a fogueira, observam as estrelas e contam anedotas engraçadas. Tarde da noite, adotando a escala de revezamento, vão dormir. O outro dia traria mais descobertas para nossa turma. Continuem acompanhando.

Capítulo oito- Trilha serrinha

A madrugada e o amanhecer do novo dia apresentaram grandes desafios. Primeiro, uma lacraia mordeu Emanuel durante a noite o que lhe provocou muita dor que só passaram com a administração de medicamentos. Perto de amanhecer, uma cobra jiboia aproximou-se do acampamento e só não feriu alguém porque Messias estava de guarda e direcionou-a ao retorno à natureza. Ufa! Nossos amigos estavam salvos.

Acordando com um bom humor, nossos amigos preparam os apetitosos ovos de galinha que acompanhados com frutas tropicais representavam um verdadeiro banquete. Tudo fica pronto em instantes e servido a cada um uma porção igual de alimentos. O alimento é devorado rapidamente porque a exaustão estava num nível extremo obviamente por estarem há vários dias em caminhadas longas longe de casa.

Entretanto, a convivência única com o filho de Deus e com aqueles sábios seres de luz estavam transformando as vidas de Tadeu Barbosa e Paulo Lacerda de forma definitiva. A cada passo dado que davam, a sabedoria dos três emanava como se viesse do criador e contagiava os outros. Tudo valia muito a pena.

Enquanto comem, recebem atentamente as observações de Paulo em relação às próximas trilhas. Tudo tinha que ser perfeito. Paulo aproveita para destacar as dificuldades as quais seriam crescentes devido ao esgotamento físico de todos e elogia também a disposição deles apesar de não estarem acostumados a este tipo de programa. Os outros agradecem as suas palavras.

Com tudo definido, concluem o café da manhã sem maiores problemas. Terminada a refeição, a pedido do vidente, tem início a nova caminhada. Olhando na direção do abismo do Cânion em tom de despedida e depois trocando de posição o filho de Deus junto com Paulo comandam a operação. Eles buscam um atalho na mata fechada como meio mais rápido de chegar ao ponto de divisão entre as duas trilhas.

Com a experiência de Paulo, não só alcançam o atalho como fazem o percurso de forma eficiente. O resultado é que já se encontram na nova trilha, a serrinha, com apenas algumas escoriações sofridas.

Avançando na trilha singular, eles têm acesso ao primeiro ponto turístico desta faixa: Um descampado cheio de flores e plantas rasteiras. O efeito é tão forte que eles pensam estar numa tela de cinema, dentro de filmes de faroeste antigo. O local além de ser espantoso destoava do redor. Eles aproveitam para descansar um pouco, tirar foto e agradecem a Deus pela visão maravilhosa. Segundo o guia, o melhor está por vir.

Instantes depois, seguem viagem de forma célere e organizada. Em mais uma hora de esforços eles passam por pedreiras, macambiras, umbuzeiro, cactos, angico, catingueira e outros espécimes vegetais ao redor da trilha. Tem acesso a um local de transição e logo depois estão diante da maior maravilha vista até aqui: Uma reserva de água doce rodeada por pedreiras de ambos os lados e uma queda d'água.

Eles aproveitam para beber água que se diga de passagem é muito limpa. Após, tomam banho e brincam n'água. Estar ali era mais que uma dádiva era um presente do criador para aquelas criaturas já tão sofridas da vida.

O momento de relaxamento dura meia hora e ao final deste tempo eles saem da água e reúnem-se ao redor dela. De comum acordo, decidem acampar ali pelo restante do dia. Como já estava próximo do horário do almoço, eles preparam o cardápio do dia que era sopa tropical. Com ingredientes simples, o prato fica pronto sem muito requinte. Ainda bem que ali não havia ninguém com frescura e não ia reclamar.

Eles reservam o horário do almoço para uma reflexão interna além da alimentação. Trinta minutos depois, um novo encontro estava marcado para um debate em vista a um maior conhecimento entre os membros. A conversação então se inicia:

"Proponho uma reflexão sobre nós mesmos e o modo como administramos as amizades. O que tem para compartilhar? (Indagou o vidente)

"Minha família é italiana e nós costumamos valorizar a família e os amigos. Desde que me entendo de gente, sempre coloquei isso em prática e o ensinei ao meu filho. (Revelou Messias Escapuleto)

"Exatamente. Aprendi estes mesmos valores com meu pai e sempre busco colocá-los em prática. A prova disso é o que o salvei duma tragédia maior. (Emanuel Melkin Escapuleto)

"Ah, meus belos e grandes amigos. Eu admiro vocês. Juntos formamos a trindade dos filhos da luz. Agradeço em especial ao Emanuel por ter me livrado da morte e ao pai por ter me ensinado há um tempo. Eu também ajo dessa forma, busco sempre conhecer novas pessoas, fazer amizades e interagir com respeito a todos. Graças a Deus, os poucos amigos que tenho são fiéis e entre eles incluo vocês. (O filho de Deus)

"Obrigado, meu belo rapaz, disse Messias.

"Maravilhoso, disse Emanuel Escapuleto.

"Eu nunca fui muito de fazer amizades sinceras. Fui criado na rigidez duma família que propunha a separação dos outros. O máximo que tive foram companheiros ou colegas. No entanto, com vocês, descobri o verdadeiro valor da amizade e se me permitem já os considero amigos. (Paulo Lacerda)

"Todos aqueles que considerava amigos me abandonaram. Falar o quê? Acho que a amizade deve ser uma via de mão de mão dupla com respeito e compreensão de ambas as partes. (Tadeu Barbosa)

"Eu compreendo como vocês se sentem. Paulo, fico feliz em ter despertado em ti este nobre sentimento que é a amizade, fico honrado. Tadeu, o melhor para ti é esquecer o passado de uma vez por todas, entregar a causa a mim e a meu pai e então o milagre realizar-se-á. (O filho de Deus)

"Ainda não chegou a hora. Tenhamos paciência. (Tadeu)

"Sim, eu saberei esperar o seu tempo. (Aldivan)

"Obrigado. (Tadeu)

"Amigos, mudando o foco, o que acham do relacionamento nos dias atuais? (O vidente)

"Diferente de antigamente, hoje o sexo entre casais ainda no namoro está mais liberal. (Messias)

"Cada vez mais as pessoas estão focadas no material do que num relacionamento propriamente dito. (Opinou Emanuel)

"Boa observação do messias. Mas em algumas regiões prevalece alguns costumes como a virgindade das mulheres. (Paulo)

"Sei. Geralmente em povoados do interior. Concordo. (Messias)

"Este assunto reaviva minhas marcas feridas e por isso prefiro não opinar. (Lamentou Tadeu)

"Certo. Todos estão com a razão. Eu acrescento que a banalização do sexo vai trazer um distanciamento cada vez maior do ser humano em relação a Deus. Além disso, os casamentos serão cada vez mais raros. Os que vingarem, boa parte será destruído pelos fenômenos naturais da civilidade. O futuro promete ser complicado. (Concluiu o filho de Deus)

"E como você vai? Sentimentalmente falando? (Indagou o curioso Messias)

"Bem, eu não costumo falar de minha vida pessoal para qualquer um, mas vocês são meus amigos. Eu estou em busca do algo a mais num relacionamento, aquele sentimento das antigas que cada vez mais jaz esquecido. Quero o Aleph original e, por conseguinte não me contento com pouca coisa ou com relações puramente carnais. (Revelou o vidente)

"Resultado: Está sozinho. (Emanuel)

"Acertou em cheio. (O vidente)

"Mas não tem problema. O que seu pai escreveu vai se realizar. Só é ter fé. (Messias)

"Sim, amigo. Este não é o meu foco principal. Sou feliz por hora pois Deus me abençoou com uma grande missão. Então está tudo bem. (O vidente)

"Ok. Ainda bem. (Messias)

"Grande filho de Deus! Estou aqui a pensar nos fatos recentes que envolveram nosso grupo e que despertaram a minha curiosidade. Em nenhum momento vi uma reclamação sua sobre nós ou sobre seu pai. Qual é o segredo? (Paulo Lacerda)

"A filosofia pessoal de sentir até quanto posso esperar do outro. Tudo se resume em observação e controle. No momento certo, eu agirei. (Aldivan)

"Brilhante. (Paulo)

"Não vejo chegar a hora do meu coração encontrar-se com o de vós e com o mundo. (Tadeu)

"Eu que agradeço a oportunidade. Há o tempo certo para tudo. (O vidente)

"Assim seja! (Tadeu)

"Bem, amigos, paramos por agora. Vão cuidar dos detalhes pois quero uma celebração á noite. Hoje é um dia especial. Tudo bem? (O vidente)

"Sim. (Os outros concomitantemente)

A ordem do vidente é acatada. Eles fazem uma reunião rápida e distribuem as tarefas. A tarde era longa e iria servir de preparação para a noite tão aguardada. Na preparação, eles buscam lenha na mata, encontram-na, voltam ao acampamento, montam a fogueira, acendem-na e cozinham comidas típicas. Esperam um pouco. Com tudo pronto, as dezoito horas, é iniciada a celebração que começam pelos comes e bebes. Enquanto alimentam-se a conversa rola solta entre eles.

"Qual é o motivo da comemoração, grande vidente? (Tadeu Barbosa)

"Estamos celebrando o dom da vida e o fato de estar junto com vocês. É um momento raro que deve ser aproveitado. (O vidente)

"Certo. Deves saber que nada faz sentido para mim e por consequência não tenho muito que comemorar. (Tadeu)

"Eu compreendo perfeitamente. Mas ressalto que para isto estamos aqui em grupo. O objetivo maior é nos entendermos e curarmos uns aos outros. (O vidente)

"Eu sei. Esperando pelos próximos acontecimentos. (Tadeu)

"Certo. (O filho de Deus)

"Qual é o grande segredo em relação às marcas feridas, filho de Deus? (Messias)

"Não há nenhum segredo. Acho que o ponto principal se chama experiência e controle. Eu sou um ser humano que já sofreu muito e diariamente convivo com grandes dificuldades. Elas me fizeram aprender a ser mais forte e decidido. Minha vida chegou a um ponto em que decidi não mais sofrer e levei esta bandeira até as últimas consequências. Deu certo. (O filho de Deus)

"Brilhante. Você realmente é um ser único. Que bom tê-lo ao nosso lado. (Messias)

"Agradeça meu pai pois é ele que coordena meus passos. Exatamente como naquele dia em que fui salvo de uma tragédia, lembra, Emanuel? (O filho de Deus)

"Lembro como se fosse hoje. Por pouco aquele caminhão não destruía nossas vidas. Ainda bem que fui rápido. (Emanuel)

"Eu nunca esquecerei este favor nem o benfeitor. Um lugar especial no meu reino está reservado para ti. (O filho de Deus)

"Assim seja. Obrigado! (Emanuel)

"Eu também quero. (Messias)

"Tem lugar para mim? (Paulo Lacerda)

"Eu pretendo entrar nele. (Tadeu Barbosa)

"Acho ótimo irmãos o interesse de vocês. Quem dera todos os humanos fossem assim. No meu reino tem lugar para todo mundo. Basta seguir os mandamentos da antiga e nova aliança e entregar seu desespero nas mãos do meu pai. Foi ele que nos criou e transforma completamente o mundo. Nada é impossível para aqueles que creem no nome do Deus vivo e no nome de seus filhos. (Aldivan)

"Assim seja! Glória! (Todos)

"Continuemos as comemorações e felicidades para todo mundo. (O vidente)

Esta frase do filho de Deus deu por encerrada a conversa e obedecendo a mestre a festa estendeu-se por um pouco mais de tempo. Eles dançaram, soltaram brincadeiras, satisfizeram suas necessidades fisiológicas, admiraram o céu estrelado daquele paraíso. Catimbau era um lugar marcante, cheio de belezas e de mistérios. Quem o visita jamais o esquece. Todo o ambiente ao redor estava ajudando no tratamento e desenrolar dos acontecimentos cujo foco maior era recuperá-los de suas dores. Seria possível a completa cura das marcas feridas como o filho do pai prometia ou ele estava apenas ganhando tempo e enrolando a todos? Os outros estavam próximos de descobrir pois a aventura nas trilhas já se aproximava do final.

No fim da noite, vão dormir. Esperemos o próximo dia. Avancemos na narrativa.

Capítulo nove- trilha do Cânion

Um novo dia chega para nossos queridos amigos. Quase que concomitantemente despertam e vão organizando as tarefas entre eles. Especialmente aquele dia estava mais florido e fulgurante para eles. Há dias estavam na mata fechada e aos poucos estavam colhendo os frutos do seu trabalho: A interação e amizade entre eles estava estreita, eles tinham recuperado a esperança e a fé perdidas, o futuro prometia. Tudo isto graças a um ser espetacular merecidamente chamado de filho de Deus. Apesar do título de autoridade, era simples, humilde e acima de tudo humano.

O vidente fica em pé por um instante após ter dado sua contribuição na preparação do desjejum: Tapioca e bolachas com café. Alisando seu cabelo, ajeitando sua blusa de seda e verificando a consistência de sua bota de cano preto observa por um instante seus servos. Por eles, tinha ficado mais uma vez longe das comodidades de casa, do trabalho onde tinha colegas e dos vizinhos. Só não abandonara os leitores que o acompanhava nesta que era a segunda saga da série "Filhos da luz".

Pelo seu dom e pelos seus seguidores estava esforçando-se para achar uma saída frente a mais um grande desafio: Curar as "Marcas feridas" de alguém que só fracassara ao longo da vida. Por analogia, curaria os problemas dos outros e de toda a humanidade pois tinha gabarito para isso.

Tomara! Tadeu o chama para tomar o café da manhã junto com os amigos no qual é prontamente atendido. Eles fazem um círculo e servem-se uns aos outros com o alimento disponível. Num ambiente de paz e harmonia, comer era um ritual sagrado que não podia ser interrompido por nada. E assim fazem durante trinta minutos corridos.

Após, levantam-se, desarmam a barraca, arrumam as mochilas e partem imediatamente em busca de uma nova aventura, a última na região do povoado de Catimbau. Seguindo uma trilha conhecida, afastam-se do lago onde tinham experimentado uma sensação incrível. Certamente levariam este momento para a vida inteira.

O próximo objetivo era trilha do Cânion, uma das mais famosas e belas trilhas do parque. Para chegar lá, eles tinham que ultrapassar a linha de transição a qual dividia as duas trilhas e que era um pouco extensa. É necessária uma hora de caminhada contínua para ultrapassar a divisa.

Feito a travessia, eles buscam o primeiro cartão de visitas da trilha. Orientados pelo guia, eles seguem em frente ultrapassando a vegetação exuberante da caatinga que ladeava ambos os lados. A primeira parada é para conhecer um espécime raro e endêmico: A Atilansia Catimbauense, uma espécie de bromeliácea única no planeta. A graciosidade e a simplicidade da planta impressionam a todos e alguns aproveitam para tirar foto.

Em seguida, continuam a caminhada. A trilha agora apresenta alguns desvios que tem de ser seguidos à risca a fim de não se perder. O parque era enorme e traiçoeiro com inexperientes. Trezentos metros à frente, tem a primeira visão dos acidentes geológicos naturais. Um par de elevações, uma ponti-aguda e outra mais larga, a última parecia um grande elefante e a primeira uma águia preparada para o voo. Simplesmente maravilhosa a visão.

O maior problema era que o tempo era exíguo e eles não podiam parar. Havia ainda muito chão pela frente. Cientes disso, eles seguem firmes no trajeto. A próxima parada importante é dividida em dois momentos: Um conjunto de formações rochosas dividida numa área retangular e uma única formação com formato de casca de tartaruga. O guia explica a provável origem das duas e a forma como preservá-las. Cada qual presta atenção nas orientações e detalhes dos monumentos e tem cuidado para deixá-los intactos.

Um pouco depois, continuam de onde pararam. Estava reservado para eles uma das maiores belezas do planeta algumas centenas de metros depois: Formado por grandes paredões de arenito, o Cânion é tido como a maior representação visual do parque do Catimbau. Eles chegam à beira do abismo e alguns arriscam sentando na beirada a contemplar toda a obra divina. Como Javé Deus era grande e maravilhoso por ter criado coisas tão bonitas.

Muitos ficam sem palavras naquele lugar o qual fazia que as "Marcas feridas" instantaneamente desaparecessem. O milagre era produzido devido ao que muitos chamavam de solo sagrado. Numa reunião rápida, nossos amigos decidem acampar próximo dali em sua última noite sob o céu de Catimbau na região de Buíque.

Mais tarde, pegam lenha, acendem a fogueira e começam a preparar o almoço dos insaciáveis viajantes. Naquele momento encontravam-se sedentos e esfomeados devido ao esforço produzido durante todo o percurso.

Preparando um cozido à base de galinha, nossos aventureiros demonstram sua habilidade na cozinha e ao ficar pronto, provam sua capacidade. A refeição ficava bem temperada e com um gosto saboroso.

Eles começam a alimentar-se e a comer prazerosamente. O sol surge no centro do céu de Catimbau refletindo seus raios poderosos sobre nossos companheiros de aventura desprotegidos. Os cinco e a natureza pujante do local formavam um quadro perfeito digno de um Da Vinci.

O almoço desenrola-se entre brincadeiras, caretas, sorrisos, numa interação perfeita entre eles o que era normal após dias juntos. Formavam uma equipe competente e perfeita digna do sucesso.

Findo o almoço, estavam prontos para mais um debate interessante.

"Eu ainda não compreendo o fato de eu não ser feliz. O que fiz para merecer isso, Filho de Deus? (Tadeu Barbosa)

"Você não fez nada, irmão. Esqueça o passado. A partir de agora, é outra história que vai ser construída e nela a vitória é garantida. (O vidente)

"Tomara. Assim seja! (Tadeu Barbosa)

"E você é feliz, filho de Deus? (Paulo Lacerda)

"Sim, sou feliz junto a minha missão que tenho com o pai. Todo o resto me será acrescentado pois sou bom, obediente e fiel. É uma questão de tempo, eu creio! E vocês? (O filho de Deus)

"Queria ter sua fé! (Tadeu)

"Depois de uma longa e difícil jornada, vivo com minha família e não há coisa melhor. (Paulo)

"Eu e meu pai lutamos juntos pela sobrevivência. Então está tudo bem. (Emanuel)

"Javé Deus é uma estrela em nossa vida e como meu filho falou somos dois guerreiros. (Messias)

"Como dizia o saudoso Rui Barbosa, "maior que a tristeza de não haver vencido é a vergonha de não ter lutado" e por isto vocês não passarão. Nunca desistam dos seus sonhos, amigos. (Aldivan)

"Assim seja! (os outros)

"O que dizer de vocês? São a mola propulsora da minha vida, dos meus projetos e das minhas aventuras. Nada faz sentido sem o vosso apoio e dos leitores. Eu agradeço a confiança e a dedicação em cada página deste livro. (Aldivan)

"Eu aproveito também para agradecer a todos, está sendo ótimo a companhia vossa junto desta natureza agreste. (Tadeu Barbosa)

"Tudo começou com aquele seu telefonema pedindo socorro. Eu e meu filho decidimos ajudá-lo e nossos caminhos acabaram cruzando-se com o do filho de Deus. Foi perfeito. (Messias)

"Exatamente como naquela travessia de esquina, não é filho de Deus? (Emanuel)

"Verdade. Tudo está escrito. (Concordou o vidente)

"E eu complementei a turma com a minha experiência na mata. Somos cinco campeões. (Paulo Lacerda)

"Só o fato de estarmos aqui já mostra nossa atitude. O sucesso virá por consequência. Glória ao meu pai! (Aldivan)

"Glória! (os outros)

"Filho de Deus, tenho apenas este dia para acompanhar-vos nesta grande aventura. Preciso retornar para junto dos meus. Tem interesse em conhecer a trilha da grande muralha, em Ibimirim? (Paulo)

"Tenho todo interesse. Isto fechará nossa aventura com chave de ouro. De acordo, pessoal? (O vidente)

"Apoiado. (Emanuel)

"Assim seja. (Tadeu)

"Sua decisão é uma ordem. (Messias)

"Então fica decidido. Partiremos então. (O vidente)

Imediatamente após esta fala, eles desarmaram a barraca e foram arrumar as mochilas. Quando tudo fica pronto, pegam um atalho na mata. O objetivo era chegar junto ao carro na trilha inicial. Apesar de ser uma distância considerável, com o conhecimento de Paulo eles cumprem o percurso em tempo recorde. Exatamente às treze horas eles retornam ao veículo e começam a descer a serra rumo ao povoado.

Na descida, eles entram em contato com a estrada e consequentemente com a civilização. Como fazia a falta o gosto da modernidade! Impulsionados pelo desejo de descobrirem ainda mais eles chegam a Catimbau, fazem uma parada rápida para um lanche e após seguem firme na estrada rumo ao Município de Ibimirim. É lá que iria desenrolar-se o sprint final da história.

Capítulo dez- Trilha da grande Muralha

Ibimirim dista cerca de 110(Cento e dez) quilômetros do município de Buíque. No caminho até lá, nossos amigos aproveitam para descansar e entreter-se da melhor forma possível. O momento era de muita paz e harmonia após longos dias dentro duma mata fechada. Os cinco integrantes da aventura estavam renovados e otimistas quanto à última etapa desta interessante viagem que ainda prometia muito.

Especialmente o vidente e Tadeu estavam plenamente comunicáveis entre si. Era apenas uma questão de tempo e de momento para as coisas se acertarem em definitivo. Em relação aos outros, também tinham aprendido bastante com tudo o que acontecera. Em consequência nunca mais seriam os mesmos.

Catimbau mostrava-se assim ser um local sagrado pois produzira um verdadeiro milagre na vida de todos. O futuro prometia ainda mais para todos eles. Só bastava ter um pouco de fé em Deus e em si mesmos.

O tempo total gasto no percurso foi de uma hora e vinte minutos. Eles têm acesso a estrada de terra que os leva o mais próximo da trilha da grande muralha. Estacionam o carro, descem dele e iniciam a caminhada a pé.

Adentrando numa trilha um pouco estreita, nossos amigos embrenham-se na mata e tem a sensação de que estão num verdadeiro paraíso. A grande muralha apresentava-se com matagal alto, macambiras, mulungus, umbuzeiros entre outros espécimes. Do começo da trilha até o primeiro cartão postal passam-se algumas centenas de metros. Trata-se de um intricado relevo trabalhado pela natureza provavelmente pela ação das chuvas e do sol. A maciça de pedra estendia-se por alguns metros e dava ao ambiente um tom espetacular. Os turistas aproveitam para tirar foto ao lado do importante monumento. Respiram um pouco e prosseguem com a caminhada.

Um pouco à frente é a vez de apreciarem um pico harmonicamente charmoso. Localizado à beira dum abismo e ladeado pela trilha e vegetação, mostra-se imponente e majestoso. É também digno de parada e foto. Um pouco depois, outra vez voltam a caminhar.

Com mais vinte minutos de caminhada vigorosa, param em definitivo pois já estava ficando tarde. O local é escolhido é na beira dum paredão de centenas de metro de altura. Eles tratam de armar a barraca, buscar lenha, acender a fogueira, preparar o jantar e perto de anoitecer o comem. A comida traz um alento para eles e renovam suas forças. Logo após, o vidente impõe-se diante de todos e começa seu discurso:

"Muito bem, amigos. Estamos na última parte de nossa pequena travessura. Nesta oportunidade, vocês tiveram a chance de alcançar o conhecimento e isto os levou a reflexões importantes. Também puderam me conhecer melhor e tirar suas próprias conclusões. O que me dizem?

"Eu vos agradeço pelos momentos vividos. Eu e meu filho estamos cada vez mais encantados contigo. Juntos, faremos uma bela série. (Messias Escapuleto)

"Assim espero. (O vidente)

"Graças a Deus estamos no caminho certo e isto em grande parte pela sua presença. Superou minhas expectativas, filho de Deus. (Emanuel Melkin Escapuleto)

"Todos vocês também foram ótimos. Ficaremos guardados para sempre na lembrança dos leitores e colocaremos Catimbau em sua devida importância. (O vidente)

"Assim seja! (Emanuel)

"Realmente é impressionante. Em todo o meu tempo de guia, nunca vi turma igual. Tem todo o meu apoio para continuar nesta empreitada. (Paulo Lacerda)

"Tem toda razão, amigo. Estes nossos companheiros são estrelas e merecem brilhar. Só falta uma coisa: A aceitação da minha pessoa por parte do companheiro Tadeu. (O vidente)

"Faltava! Agora estou plenamente convencido que és o melhor para mim, meu amo e senhor. O que devo fazer agora? (Tadeu Barbosa)

"Aproxime-se! (O vidente)

Tadeu não hesita em obedecer. Com alguns passos bem dados, encosta no vidente. Com um sorriso largo, o mestre estira o braço e toca na mão calejada de sofrimento do servo. Num instante, nada poderia os separar. Naquele toque amigo, o filho de Deus pôde finalmente ter acesso a vida inteira daquele nobre colega numa breve visão. Ei-la:

Visão

Pesqueira, setembro de 1974

Carmem Lúcia Barbosa e Renato Tavares Barbosa voltavam no primeiro domingo do hospital onde estavam há praticamente doze horas. O motivo era o nascimento do primeiro filho e único do casal devido a complicações no parto. Escolheram como nome para ele Tadeu que provém do latim Thaddaeus e significa coração, peito, seio e íntimo.

Do prado até o centenário onde moravam demoram dez minutos em um trajeto feito com carro próprio e levavam consigo o prêmio maior que era o filho, símbolo do amor do casal. Tudo seria diferente e com maiores perspectivas pois ali se encerrava seu sangue e sua pujança. Mas que destino carregava aquele belo menino de olhos castanhos claros? Só o futuro diria, mas por enquanto não havia preocupação com relação a isso.

Logo que chegam a sua residência, cobrem de mimos o filho e ficariam um bom tempo desta forma. A mãe era dona de casa e o pai conseguira uma licença do trabalho por uma semana. Tudo eram só alegrias naquela família.

A infância e pré-adolescência

A primeira semana passou-se, o primeiro mês, o primeiro ano e assim sucessivamente. Todos os passos do menino Victor eram acompanhados de perto por seus pais. Desde o batismo, a entrada no colégio, a frequência na escola, os passeios e as viagens dentro e fora da cidade, as reuniões com parentes e atos sociais.

Desde pequeno ele fora instruído de acordo com as crenças da fé católica e os valores que um homem de bem deve ter. Apesar de bastante esperto, ele parecia assimilar bem os ensinamentos e tinha uma vida tranquila. Uma infância que se podia chamar-se de infância com brincadeiras, amigos e colegas e uma pré-adolescência com a liberdade necessária para sentir-se humano. Tudo se encaminhava para uma vida normal e cheia de felicidade.

A rebelião

A vila do presídio é um aglomerado de casas muito próximas a um presídio na cidade de Pesqueira, tanto que se atravessando o muro dele tinha-se acesso a várias casas.

Era uma noite como qualquer outra normal. Tadeu e seus pais aproveitavam a oportunidade para visitar seus avós que residiam no bairro. Exatamente às dezoito horas eles chegaram à residência deles, foram bem recebidos e adentraram na mesma. Passaram a noite conversando, brincando em um momento familiar raro devido aos compromissos de ambos. Era muito bom quando tinham esta oportunidade pois matavam as saudades dos únicos parentes próximos na cidade.

Mais tarde, as vinte e duas horas, chegou o momento de despedir-se e partir. Fizeram este ato rapidamente, saíram da casa e neste momento ocorreu algo incomum: Explodiu uma rebelião e vários presos conseguiram a fuga do presídio. A confusão foi geral nas redondezas pois os delinquentes estavam dispostos a tudo.

Tadeu e seus pais tentaram abrigar-se em alguma casa, mas perceberam que não havia tempo para isso. Numa última tentativa, os pais de Tadeu dirigiram-se a uma esquina, encontraram panos velhos suficientemente largos para proteger o filho. O enrolaram e, lhe deram orientações e partiram a esmo.

Então a partir daí, Tadeu procurar ficar quietinho como os pais lhe recomendaram. Algumas vezes, ouviu murmúrios perto, mas não se mexeu. Passou a noite, chegou à madrugada e amanheceu finalmente. Tomando coragem, o menino levantou-se ansioso por saber o que teria acontecido.

Viu então um cenário desolador: Sangue, vestígio de balas, casas invadidas e destroçadas, policiais por todo o canto, um cenário de guerra. Entrando em contato com os policiais, identificou-se e ao indagar pelos pais e avós entregaram-lhe uma lista onde constava o nome dos executados. Infelizmente, para o seu desespero, seus pais e avós tinham sido assassinados.

Este primeiro grande choque foi profundo em seu pequeno coraçãozinho.

Como era menor de idade, o menino foi encaminhado para um abrigo onde esperaria por adoção já que não tinha parentes próximos que pudessem arcar com a responsabilidade de terminar de criá-lo.

Apesar da bondade e da boa receptividade dos administradores do local, o menino não parava de pensar no triste fim dos seus familiares representando a primeira grande "Marca ferida" de sua existência. Entretanto, a vida se seguia. Boa sorte, menino Tadeu.

A vida no abrigo e o primeiro namoro

Tadeu permaneceu no abrigo dos doze aos dezoito anos. Neste período que foi intenso, doloroso e até prazeroso em alguns momentos viveu inúmeras situações: Concluiu o ensino fundamental e médio, arranjou muitos amigos, fez passeios, participou de sua primeira eleição. Porém, o mais importante fato foi ter arranjado uma namorada com a qual viveu pouco mais de um ano juntos. Ela também era do orfanato e ao completar a maioridade arranjou um emprego em outra cidade o que os afastou em definitivo.

Um pouco depois, foi a vez de Tadeu sair e graças à ajuda dum programa social arranjou uma ocupação e retornou a casa dos seus pais. Era a melhor solução pelo menos provisoriamente. Desta forma sua vida foi se seguindo.

O primeiro namoro oficial e o casamento

No trabalho que era realizado numa mercearia Tadeu teve a oportunidade de conhecer bastantes pessoas entre colegas de trabalho e clientes. Foi ali exatamente que ele se apaixonou por Karen Lopes que trabalhava no caixa. Como ele trabalhava na função de embalador os dois sempre tinham um contato frequente e ele encantou-se com seu jeito meigo e carinhoso. Resultado: namoro durante um ano e posterior casamento.

Ele recebeu a esposa e foram morar no mesmo local, a antiga casa dos seus pais. Começaram então a partir daí a construir uma vida juntos. Nos primeiros anos de casamento, os dois focaram no trabalho e nas férias aproveitavam juntos passeios em lugares bonitos e que estavam ao alcance deles.

Ao completar o quinto aniversário de união, uma boa notícia surgiu: Karen estava grávida. Tadeu ficou muito feliz e esforçou-se ao máximo para que a companheira tivesse uma gestação sadia. Foram nove meses de preparação e muita angústia até o filho nascer. Depois desse, vieram mais dois filhos nos anos subsequentes. Karen submeteu-se a uma cirurgia de Laqueadura que a tornou estéril definitivamente.

Juntos os cinco foram felizes por um bom tempo num ambiente familiar cheio de paz, prosperidade e felicidade. Será que isto duraria para sempre?

A tragédia

A vida da família de Tadeu mudaria definitivamente por conta de um acontecimento trágico. O caso aconteceu no centro da cidade. Ao atravessar uma rua, Karen ficou distraída e não percebeu a chegada dum ônibus vindo de frente em alta velocidade. A colisão foi inevitável e com um choque desta natureza não há como sobreviver.

Ela foi recolhida, identificada e o marido avisado. Sem palavras, o mesmo tomou conta dos procedimentos cabíveis do enterro o qual foi realizado no mesmo dia. Acompanhado por vários conhecidos, o cortejo sepultou o corpo de Karen em meio a uma comoção geral. A palavra que mais descrevia o estado de ânimo do cônjuge era desespero.

Transtornado pelo fato, Tadeu abandonou o emprego e o cuidado com os próprios filhos ainda carentes de proteção e afeto. Começou a ser usuário de drogas, foi denunciado e então perdeu a guarda dos seus amados filhos definitivamente. Após, frustrado, mudou-se para Buíque onde prometeu a si mesmo reconstruir sua vida. No entanto, os fantasmas do passado o atormentavam.

Lembrou então duma dupla de amigos que fizera numa de suas viagens e como tinha o contato deles pediu ajuda. Emanuel e Messias partiram então de Jeritacó, encontraram o vidente e os três dispuseram-se a ajudar aquela pobre alma. O resultado de tudo isso foi uma viagem a Catimbau, o paraíso agreste que tinha feito um milagre. Finalmente, Tadeu e suas "Marcas feridas" fizeram um ajuste de contas e ele estava pronto para continuar seguindo sua vida em frente de cabeça erguida.

Volta à realidade

A visão se esvai e o vidente parece meditar um pouco diante daquela situação. Precisava escolher as palavras certas e quando fica seguro de si, entra em contato:

"Muito bem, servo dedicado. Eu compreendi tudo. O que devemos entender é que tudo isso faz parte dum passado que deve ser esquecido ou pelo menos tolerado. O mais importante é o momento presente e percebo que você recuperou grande parte de seu ânimo.

"Graças a Deus e a vocês meus amigos. Se não fosse a vossa ação num momento de angústia em que eu atravessava acho que eu não estaria mais aqui. Era isso o que eu precisava: Amigos sinceros que me apoiassem. Creio que minha vida será melhor daqui para frente e se acaso eu sofrer novamente eu saberei lidar com isso. (Tadeu Barbosa)

"Parabéns, Tadeu, fico feliz por você. (Emanuel Melkin Escapuleto)

"Eu também. Missão cumprida. (Messias Escapuleto)

"Tadeu levantou uma questão importante: "As marcas feridas". Eu também tenho as minhas e aproveitei a oportunidade para aprender e controlá-las. Foi muito proveitosa a viagem. (Paulo Lacerda)

"ótimo! As "marcas feridas" ainda é um problema muito sério para a maioria das pessoas. Muitas, inclusive, chegam ao ponto de tirar a própria vida. Como vocês, eu também já sofri muitas perdas e decepções relevantes. O segredo é manter a calma e ter uma visão dum todo. Não adianta lamentar-se ou fixar seu pensamento nas tragédias pois isto só nos prejudica. Precisamos viver a vida e aproveitar dos momentos felizes os quais geralmente são raros. Fazendo isto, tudo fica mais leve e então chegaremos ao sentido da vida: Ajudar na evolução do planeta e na sua própria. Pois bem, irmãos, desejo do fundo do meu coração que vocês encontrem a felicidade, o sucesso e a realização como um todo. Saibam que tem em mim um amigo para todas as horas. Meu amor e meu espírito os protegerão onde quer que forem. Creiam nisto! (O filho de Deus)

"Obrigado. A recíproca é verdadeira. (Paulo Lacerda)

"Continuaremos em nossa troca mútua. (Emanuel)

"Chegamos a mais uma etapa concluída. Parabéns a todos! (Messias)

"Assim seja! (Tadeu Barbosa)

"Aproveitemos o restante da noite como se fosse a última. Amanhã cada um estará livre para retornar aos seus lares e prosseguir seu caminho. Vai dar tudo certo. (O vidente)

Como chefe respeitado, todos obedecem ao seu comando. Ainda tem tempo de contemplar as estrelas, continuar o papo sobre outros assuntos, brincar e fazer uma oração coletiva. Ao final da noite, vão dormir. A questão proposta no início da aventura estava resolvida e agora só restava voltar a rotina.

Volta para casa

A última noite no parque desenvolveu-se da mesma forma que as outras. Rapidamente a madrugada chegou e logo depois enfim amanheceu. Cedinho, eles acordaram, desarmaram a barraca, arrumaram seus pertences e partiram na mesma trilha só que em sentido inverso. Alcançam o carro, adentram nele e seguem rumo a sede do município.

Chegando lá, cada um partiria por caminhos diferentes. Emanuel e Messias iriam para Jeritacó, Aldivan para algum lugar do sertão de Pernambuco, Paulo para Catimbau e Tadeu para Buíque. Estes foram os cinco legendários que tiveram coragem de pôr a prova sua intimidade, seus problemas e medos junto aos leitores. Que eles valorizem isso e tenham a história como uma lição de vida para si mesmos.

"O mundo precisa de homens que tenham coragem, disposição e fé suficientes para colocar questões pertinentes em prol do bem de todos a exemplo das "Marcas feridas" de Tadeu".

Fim